中公文庫

楽しみ上手は老い上手

岸本葉子

JN003949

中央公論新社

目次

美容医療に通っている　9
帽子で小顔に　11
白髪染め、いつまで　14
意外な噛み癖　16
運動と露出の関係　19
とろう、タンパク質　28
体にいいのは　30
「寝落ちる」ことが増えてきた　32
きれいなパジャマを　34
突然じんましん　39
ズンバをはじめて　41
踊り出している　43
食いしばらずに　45
変わる歯並び　47
骨も鍛えよ　50
痩せる方法　52
眼鏡なしでは　54
周りが見えてはいるけれど　57
増える「うっかり」　59
忘れない工夫　62
聞くって、たいへん　64
共感する力　66
冠婚葬祭が少なくなって　68
どうする、ドレスコード　71
履きやすい靴を求めて　77
つらい生産終了　80
変わらないって難しい？　83
昔はふつうだったこと　89

旧式のまま 91
進取の気性に欠けている？ 94
海外でスマホ 97
「更新」しないと 100
もったいないけど処分する 102
クローゼットの中の変遷 104
年相応の装身具 109
流行に抗って 114
ネットで服探し 117
セールを卒業？ 121
検索履歴が惑わせる 127
暮らしに合う住まい 133
リフォームの頃合い 135
高いところのものを取る 137
保管を見直す 139
ハンガー改革 145
買って満足していないで 148
「断服」という試み 150
ただいま大規模修繕中 152
勝手にクリーニング 154
趣味は掃除 156
ブーツの臭い対策 158
いまどきのスニーカー 160
自宅で試着ができるけど 164
価格か、ホスピタリティか 169
介護と正月 172
初夢、見ても見なくても 175
前泊のおまけ 177

出張先のデパートで 179
半日ツアーに参加 181
一日フリータイム 184
慣れたところを踏み出して 186
移住という選択 188
はじめてのホームパーティー 190
発表会に挑戦 192
ダンスの衣装を作る 194
最後は笑顔 197
サボってみれば 199
生きていくって自転車操業 201
八割がベスト 203
はからずもモノ減らし 206

お金の専門家に言われたこと 208
たまには勉強 210
謎のお宝 212
母の通った小学校 214
音の記憶 217
いつか別れはくるけれど 219
気になる墓じまい 221
高齢のお隣りさん 224
年をとっての贈り物 226

あとがき 未知がたくさん待っている 228
文庫版あとがき 231

楽しみ上手は老い上手

美容医療に通っている

世の中の慣習ではあまり公にしないことだが、言ってしまおう。数年前から美容医療の恩恵を受けている。タイタンというたるみ改善治療に、二ヶ月にいっぺん通っている。

肌の深部に熱を与え、真皮のコラーゲンを収縮させることで、引き締め効果を得るというもの。切ったり針を刺したりしないので、痛いのが何より苦手の私もひかれた。熱さの方は、出力をうんと低めに設定してもらっているので、温石をあてる程度だ。二ヶ月にいっぺんというのは、お得感にひかれて。半年間有効の三回チケットを買うと、つど支払うよりかなりお安く、ムダなく使いきろうとすれば、おのずとその頻度になる。

エステに行かない、マッサージすらしない私には、美容医療はかつて遠い遠い存在だった。が、人にすすめられ、しみの相談に行ったクリニックで、ついでに試したタイタンに、はまった。

安心なのは、そう劇的に変化するわけではないことだ。タイタンがたるみ改善治療の中で、もっとも穏便なもののせいもあろうか。二ヶ月過ぎると、顎のあたりのフェイスラインが「なんとなく凸凹《でこぼこ》してきたかな」と思って行くけれど、他の人にはビフォー・アフターの差がわからないかも。価格もそう劇的ではなく、今のところ服をがまんすれば通える額。クリニックに来ているのも、給与がそう高くないだろう年代の、勤め帰りらしき女性たち。

が、それは夕方の話であった。このところたまたま昼の時間に行くことが続き、意外であった。自分のことを棚に上げ「えーっ、こんな人も来ているんだ」という驚きだ。年代も高ければ、雰囲気もいたってふつう。

高齢者で美容医療を受けるのは、テレビでセレブ目線のコメントをする、なんたら夫人みたいな、髪を茶色く染めて服も派手めの「作り込んでいる」タイプかと思っていた。が、あにはからんや、綿入りブルゾンに黒っぽいジャージふうのスラックスに白髪という、商店街ですれ違うような人ばかり。男性も二人見た。会話に耳をそばだてれば、イボの除去を機に、しみを薄くするため通っていると。

思い込みで美容医療のハードルを勝手に上げていたことに、気づくのだった。

帽子で小顔に

紫外線が気になり、帽子にひかれる季節である。帽子はかつて冬物に挑戦し、大失敗している。

近所のご婦人が冬はいつも赤いフェルト帽をかぶっていた。共布でできたバラやリボンのコサージュが付いている。「こういう小物をふだん使いで着こなせるなんて、おしゃれ上級者という感じで、すてき」と思っていたら、百貨店の特設コーナーに帽子専門店があり、覗《のぞ》いてみた。

フェルト帽ばかりで色はとりどり、コサージュ付きのものもある。男性販売員が全身の映る鏡の前へ、わざわざ私を連れていき、代わる代わる載せては、私の周囲を忙しく回って、多方向から角度を調整する。講釈を聞きつつ次々かぶるうち何が何だかわからなくなり、いちばん無難で初心者にも間違いあるまいと思われる、飾りのないダークグレーのベレー帽を買った。

これが悲惨なまでに似合わなかった。「こんなふうに斜めにしていたよな」。販売員の手つきを思い出し、鏡の前で右に左に傾けるが決まらない。顔がたいへん下ぶくれに見える。トップの髪をふくらませるのが、加齢とともにフェイスラインがたるんでくる世代のヘアスタイルの定石だが、帽子のへりが髪をつぶし、その努力を無にしてしまうのだ。

近所の婦人の帽子は、バラやリボンのボリュームに、トップの髪をふくらませるのと同じ効果があったのでは。私の場合、ダークグレーという収縮色を選んだのもよくなかったかも。

そういえば昔買った夏の帽子も、ほとんどかぶっていない。ラフィアという天然素材を編んだつば広帽で、女性ならファッション雑誌でいちどは目にしていると思う。「使い込んだ革トランクの上に、この帽子を載せたら、私の夏の旅仕度は完成します」的な文章を添えた写真で。

つばが大きいぶん顔が小さく見えるかと期待したが、残念ながら外れであった。つばより上の頭部はスリムで、下との対比がむしろ際立った。

自分の顔の現状を素直に認め、端的なワードで検索することにした。「小顔、帽子」と。そして知ったのだ。キャスケットなる帽子のあることを。ハンチングの一種だが頭部にふくらみのあることが特徴という。試しに千円くらいのを買ったら、これは成功！

過去に失敗している人も、「帽子が似合わないのではなく、似合う帽子がある」と信じて再挑戦をおすすめしたい。

白髪染め、いつまで

女性雑誌を読んでいたら、元アナウンサーの女性のインタビュー記事が載っていた。和服姿で、結い上げた髪はみごとなグレー。四十代で白髪染めをやめたという。震災の後、非常用持出袋に白髪染めセットを入れようとして、疑問を抱いたとのこと。

「えらい！」と膝を打つ。著名人のエイジングについてネットでよくある「劣化がヤバイ」といったコメントに、私はかねてより義憤を感じていた。この女性は、容姿を取り沙汰されることの多い職業を経て、今もメディアに出ている。心ない言葉で評されることも多かろう。それでもなお信念を貫いているのだ。

省みて私はどうか。白髪染めをやめる潔さも勇気も、まだ持てない。

五十代に入ってから美容院でしてもらうようになった。二ヶ月半にいちどくらいの割でカットに行くので、その際に染める。次に行くまでの間は、自分でカラートリートメントをしてしのぐ。

全体に塗るのはたいへんなので、前から見えるところだけ。頭頂部や後ろは手つかずだ。後ろの根元は、頭頂部からの毛で隠れるし、頭頂部の根元については、長身なのを幸い、上から見る人はいないだろうと。たまにエレベーターの防犯ミラーに頭頂部が映ると「あ、やっぱり白くなりつつあるな」と現実の一端を覗く思いだ。

カラートリートメントをサボると、生え際はたちまち色褪《あ》せ、何もしなかったらどこまで白くなるのか空恐ろしいほど。印象は相当変わるだろう。四十歳で入院したときは、「誰か来たらノーメイクなのがきまり悪いかも」と思ったが、今ならそれどころではない。ニット帽は必需品だ。

白髪を受け入れたら楽にはなろう。が、そのぶん身だしなみに求める基準は上がりそうだ。雑誌に載っていた女性は帯をきちんと締め、凛とした雰囲気であった。対して私はウェストを絞らないチュニック、ストレッチパンツ、コンフォートシューズといった、ゆるい服装の典型である。「考えあってのグレーヘア」でなく、単なる手抜きに見えるだろう。

「髪そのものにだって手がかかるよ」とグレーヘアにしている知人は言った。黒髪の頃にもまして、ツヤを出すケアが要る。染めないといっても、ありのままに放置するわけではないと。結局、どこで楽をするかの選択になるのか。

いつかやめたい、でもまだ、の間で揺れている。

意外な噛み癖

年をとってからの健康のため歯はだいじそう。残っている歯の本数と認知症になる割合とは関係があるとも聞いた。歯を失う原因としては、歯周病が大きいとも。ひと頃は歯医者に、定期的に通っていた。歯みがきで取りきれない汚れを除去し、歯周病を防ぐためだ。

前回の通院では、ナイトガードというものを作ってもらった。その名のとおり夜間につけて歯を守るもの。睡眠中は歯ぎしりや食いしばりで、知らぬうちに力がかかり、歯がすり減ったりひびが入ったり、ときには割れることもあるという。

透明の合成樹脂でできており、硬いゴムのような弾力がある。上の歯全体にはめるかたちで装着する。下の歯との間で、緩衝材の役割を果たすのだ。

毎晩つけて寝るようにした。

通って「いた」と書いたのは、その後途絶えてしまったからである。ナイトガードを作ったとき「三ヶ月後に持ってきて下さい。減り具合を見ます」と言われ、その場で予約をしたのだが、早すぎてかえってよくなかったか。思いがけず支障ができ、キャンセルしてしまった。

習慣はいちど崩れると、取り戻すのがたいへんだ。行こうとは思いつつ、年末年始は慌ただしく、冬の間は風邪ぎみで、花粉症の季節は鼻が詰まるし、夏は暑すぎ……などとどんどん先延ばし。間が空けば空くほど、電話をかけるのに気後れする。

このままではいけない、汚れもずいぶんたまっているはず。決心して予約を取り直し、受診。一年半ぶり、ナイトガードを作ってからははじめてだ。

先生に見せると、ナイトガードの左の糸切り歯にあたるところに穴があいているが、他は傷みが少ないとのこと。左のその歯だけ集中的にすり合わせているようだ。「左を下にして寝ていますか」と先生。「あるいは食べるとき、左でものを嚙《か》んでいませんか」。起きている間の嚙み癖が、睡眠中に出ることが多いという。どちらにも「いいえ」と答え、首を傾《かし》げる。そもそも、糸切り歯はやや外へ向かって生えていて、その歯とすり合わせるには、下顎《したあご》を相当左へずらさなければならず、無理がある。

先生の言うには、起きているときならあり得ない動きも、睡眠中はしているものだと。

うなずけた。父を介護していたときは、寝ている間もようすを見にいったが、口の動きが盛んなことに驚いた。唇は閉じたまま、上顎と下顎を逆方向に回しているのではと思うほど、激しくすり合わせる。顔の上半分はいたって静かなのに、下半分は活発で、そこだけ別の生き物のよう。咀嚼《そしゃく》や嚥下《えんげ》は難しくなっており、食事をとるのがすでにたいへんな時期だったが、意外な力を秘めている。それと似たようなことが、自分にもあるのかも。

その一本に力がかかりすぎないよう、ナイトガードを作り直してもらった。勇気は要ったが行ってよかった。汚れもきれいに取り除いてもらったし。

これを機に再び定期的に通院するつもり。

運動と露出の関係

今のスポーツクラブに行きはじめたとき、圧倒されたのは、人の着ているスポーツウェアのおしゃれさだった。特にレッスンの常連さん。

私はもっぱらマシントレーニングをしていたが、準備運動のためストレッチするエリアに行くと、そこはレッスンのあるスタジオの入口近くで、レッスン待ちの主に女性が、たむろしている。

その一群の華やかなこと。無言が基本のマシンの人々と対照的なおしゃべりもさりながら、服装だ。原色や蛍光色といった色もさることながら、形。露出度がマシントレーニングの人に比べて、格段に高い。

肩もあらわなタンクトップ。背中は深く切れ込んでいたり、下から三分の二くらい割れていたり、エプロン程度の紐が渡してあるだけだったりします。肩胛骨《けんこうこつ》はむろんのこと、後ろを通ればホクロやうぶ毛まで見えて、同性ながら目のやり場に困るほど。

丈が極端に短くて、「これって単なるスポーツブラでは？」と思う人もいる。運動着というより下着に近い。

ボトムスは、肌そのものの露出はないが、ボディラインがあらわ。お腹から尻、腿《もも》、足首までぴったりとフィットするレギンスだ。

あの種のウェアは、体によほど自信がないと。割れた腹筋背筋とか、贅肉を削ぎ落とし絞り込んだラインとか。

私は体育の授業の延長のような、半袖のＴシャツにトレパン。半袖Ｔシャツもどこかの土産で買った、男女兼用のＳ、Ｍ、Ｌの三サイズしかないという、全然気合いの入らないものを着ていた。

「人に見せられる体じゃないし。運動するといっても週に六〇分がやっとだし」

おしゃれ群団を横目に地味なウェアで、黙々とマシントレーニングをするのであった。

私の使うマシンはクロストレーナーといい、一種の有酸素運動だ。ペダルの上に立って足踏みしつつ、左右の手で握ったハンドルを交互に引く。

ペダルもハンドルもそこそこ重く、歩くだけより負荷がかかる。脂肪燃焼が効率よくできるとして、ランニングマシンよりこちらをすすめる人もいるほどだ。

ただランニングみたいにハイになる要素はなくて、ひたすら忍耐。

私の設定した目標は六〇分だが、その長さといったら。壁の時計にちらちら目をや

っても、ほとんど針が進んでいなくて、

「あの時計、間違っているんじゃないの。ほんとはもっと過ぎているんじゃないの」

と疑っては、マシンに表示される経過時間を確かめ、両方とも正しいことを知る。

時計を見るたび期待を裏切られるので、マシンに付いているテレビに目を落とす。ふだんテレビを見る習慣はないが、このときはゆるい番組を流しておき気をまぎらわせる。おかげで「秘密のケンミンＳＨＯＷ」にはだいぶ詳しくなった。

「だいぶやったな」と思ってもまだ二〇分で、がっくり。マシンを降りてしまおうか。いや、ようやっと脂肪が燃焼しはじめたばかり、ここでやめてはもったいなさすぎる。内なる闘いだ。

六〇分間やり抜くには、かなりの意志の力が要る。四〇分で挫折することがしばしばあった。

あるとき、いつものようにマシンエリアに行くと、クロストレーナーがすべてふさがっていた。

館内放送が、ステップ運動のレッスンがもうすぐはじまることを告げる。ステップならば、ふだんしているペダルを踏む運動と似ていそう。

参加することにして、レッスン待ちの列の最後尾につき、おしゃれ群団とともにスタジオへ。準備からして何をどうするか皆目わからない。周囲をまねて、スタジオの端に積んである高さ一五センチほどの台をとってきて、自分の前にセットする。音楽とインストラクターの動きに合わせて、スタート。

ふだんしているマシントレーニングより、相当忙しい。乗りっぱなしという点で単調なクロストレーナーに対し、こちらは乗ったり降りたり、軸足を入れ替え向きを変えたり、台を跨《また》ぎ越したりとめまぐるしく変わる。台の周囲を小走りで回り、しゃがんでジャンプも。

ついていくのに必死で、気がつけばレッスン時間の四五分が、あっという間に経っていた。

「あっという間」は誇張か。「きつい、まだ？」と感じた瞬間はある。が、よそ見すると踏み外しそうで、時計に目をやる余裕はないし、みなが飛んだり跳ねたりしている中ひとり切り上げ出ていくのは危険。

動きは拙いながらも、途中で脱落せずやり抜けてしまう。

音楽がもたらす高揚のせいもある。マシントレーニングで、特に興味のない番組で気をまぎらわしつつ、ひたすら時の過ぎるのを待っていたかったるさとは、なんたる違いか。

違いは何より汗の量だ。クロストレーナーを六〇分間頑張ったときでもかいたことのない量の汗が、だらだら流れる。この汗を四五分でかけてしまうなんて、

「効率いいわ〜」

マシントレーニングばかりだったが、これからはレッスンにもときどき出よう。

その後何度か出てみて、わかったこと。Tシャツにトレパンでは暑すぎる。動くほどに熱がこもる。

マシントレーニングをしていた頃は、スタジオレッスンを終えた人が、蒸し風呂から出てきたみたいな濡れた髪を額にはりつかせ、湯気を上げているのを、

「この人たち、どんな運動をしてこうなるのか」

と驚きをもって見ていた。自分がそうなって、よくわかった。

脂肪が燃焼して出る熱だけではない。環境だ。スタジオそのものが暑い。閉ざされた部屋で、おおぜいがいっせいに運動するのだ。しかも、ステップ台を降りる向きを間違えると人にぶつかりそうな狭さ。マシンエリアとは密度が違う。向こうは広いし、整然と並ぶ機械の間を風が通って、冷房が効きすぎに感じるときもあった。スタジオ

では、

「あっつい」

と顎を出す人たちへ、インストラクターが、

「冷房はいちばん低くなっています、これ以上は下がりません」

声をからして叫んでいる。

私はマシンのときの服装で参加していたが、これでは無理とわかった。たまらずにTシャツの袖をまくり上げたら、肩の出るのと出ないのとで、だいぶ違った。とりあえずタンクトップにしよう。間に合わせで通販にて、グレーのタンクトップを購入。ボトムスは考えどころだ。熱がこもらないのは、丈が短く生地の薄いものだが、それだとサポート力がない。

同じ動きの繰り返しのマシントレーニングと異なり、レッスンでは予想外の動きが多い。急なストップ、ターンなどの瞬間的な変化。慌てると、足をひねったり膝に変な力がかかったりしそうになる。それを支えるには、適度な厚みと締め付けが必要だ。レッスン待ちの人たちが、ぴったりフィットのレギンスをはいていたわけがわかる。それらがファッション一般のレギンスとは別もので、スポーツ用品としてのタイツらしいことも。着圧によってテーピングと似た感じで下半身を保護し、怪我を防ぐとと

もに、疲れにくくする効果もあるそうだ。ゆるゆるのトレパンでは、まったく代わりをなさないのであった。

タンクトップに続いて、スポーツタイツも購入。地味な黒を選んだが、着圧の違う生地を張り合わせた縫い目だけはショッキングピンク。腿からくるぶしに向かってカービーなラインが入っている。派手への階段をひと足上がった感じだ。

フィットすることは脱ぎ着に苦労するほどで、はくだけで何も運動しないうちからもう汗が出る。

ボディラインがまる出しのウェアを着るのは、自信があるからではなく……いや、自信がある人もいるだろうが、それだけとは限らない。暑さから来る苦しさを和らげ少しでも楽に、かつ安全に運動するためだったのだ。

尻の下がり具合やお腹の出具合まで、もろわかりになる勇気はさすがになく、スポーツタイツの上にはく黒の短パンを購入。

グレーのタンクトップ、黒にショッキングピンクのスポーツタイツ、黒の短パンを、新生の私のウェアとした。

が、何度か試すと、それでもまだ、

「あっつい……」

ステップ昇降に少し慣れ、前より動けるようになったからか。同じ四五分でも、ウエアの中の熱のこもり方は前の比でない。特にお腹周りだ。

無理もない、そこだけ短パンとスポーツタイツの二枚重ね。レッスンは三分間ほどの曲が次々とかかって進むが、曲の切れ目のタイミングをとらえて短パンだけ脱ぎ捨てたい衝動にかられる。

タンクトップも、半袖Tシャツよりはマシだが、それでも暑い。曲のわずかな切れ目にすかさず冷房の下へ行き、裾をまくり上げて風を入れる。

その間は人目に肌をさらすわけだが、皆さん気にせず、ばたばたあおいでいる。露出ということに抵抗がなくなってきた。

レッスン待ちの人のホクロやうぶ毛にどぎまぎしたのは、スタジオの外だったから。中に入れば誰も見ていない、少なくともはじまってしまえばそんな余裕はない。むき出しの背中が目の前にあろうが、至近距離に迫ってこようが、とにかくついていくのに必死。

皆さんの着ているような、割れ目や切れ込みのあるタンクトップがほしくなってきた。あれはおしゃれより風通しのためだったか。

手はじめに、部分的にメッシュ生地になっているタンクトップを探そう。それも暑かったら切れ込みや割れ目ももう辞すまい。私の運動時の服装は、五十代から過激化している。

とろう、タンパク質

なるべく長く健康でいたいので、栄養についてはなんとなくだが、常に考えている。若い頃と同じように食べていると、たちまち太る年代。肥満はさまざまな疾患の危険因子であるから、基本、控えめを心がけている。おかきなども店で、袋の裏に記載のカロリー数値をチェックして、低い方を選ぶか、がまんするか。

一方で、高齢者は低栄養になりがちと聞く。いつ頃までは禁欲ぎみで、いつ頃から頑張って食べたらいいか、切り替えどきがわからない。

健康寿命に深く関わる動脈硬化の予防には、肉より魚をすすめられる。一方で、現役で活躍中の後期高齢者は、肉好きが多い印象だ。これまたどうすればいいのだろう。

魚好きの私は、動脈硬化の心配はなさそうだが、タンパク質が足りていないかも。ふだん魚は一日二回。朝は、魚なしで簡単にすませ、昼と夜にアジの干物や塩鮭、白身魚の切り身などを食べる。それは家にいる日の場合。昼が外食だと、タンパク質と呼べるものはせいぜい、天ぷらそばのエビ一尾とか、パスタに飾りのように載っている小エビ四匹とかだから、いかにも乏しい。

親の介護をした経験でいえば、年をとったら筋肉がだいじだ。手すりにすがりながらでもいいから、自分の足で体を支えトイレに立ち座りできるかどうかが、介護依存度を大きく分ける。なので今からジムに通っているが、筋肉を作るモトが不充分では、話にならない。

気になり出して摂取量のめやすやタンパク質を多く含む食品を調べたら、これが面白いのだ。イワシの丸干しが牛肉より、スルメがビーフジャーキーより高タンパクなのは、意外だけれど、まあ、あり得る。驚いたのはアユの高さ。アユの塩焼きなんて風流を味わうためのものかと思っていたが、おみそれしました！

大豆の高さも予想以上。私の場合、日に二回の魚に大豆製品をプラスすれば、めやすの量を満たせそうとわかった。もちろん肉には肉のタンパク質があるだろうから、否定するものではない。

以来ゆで大豆をせっせと食べている。サラダやご飯や味噌汁に入れたり、ナッツ代わりに間食にしたり。ただしとりすぎの分は、筋肉ではなく脂肪として蓄積されるそうだから、注意しないと。

役立つし発見もある摂取量のめやす。気になる栄養素をいちど調べてみては。

体にいいのは

健康のためには、汗をかく運動を週三回以上行うのがいいという。食事は寝る三時間前までにすませよ。睡眠のゴールデンタイムは二十二時から翌二時の間とも。

私は思う。これらを全部かなえることは可能なのかと。

私が運動するのはジムでだが、週三回だと少なくとも一回は、平日の夜行く必要がある。夜に仕事の入りにくい月曜は、近所の店舗が休みのため、電車に乗って別の店舗へ行くことに。出たいプログラムは二十時四十分開始である。

一時間のプログラムが終わり風呂に入って家に帰ると二十三時。それから夕飯だ。日頃より出来合いのものですませず作るようにしているが、二十三時過ぎにアジの干物などを焼いていると、「なんだかな」と思う。睡眠のゴールデンタイムはすでに逃しているし、寝る直前に食べるのは胃に負担。太りにくい食べ方の正反対でもある。果たして体にいいんだか。

ある月曜、食事をしてから行くことに。仕事から早く帰れて、プログラム開始まで二時間以上ある。アジの干物とご飯という、ふだんと変わらぬメニューだが、この後脂肪を燃焼するしと考え、やや食べすぎではあったかも。

ジムで準備体操などするけれど、いっこうにこなれない。二時間では、消化するのに足りなかったか。プログラムがはじまっても消化が促進されるどころか、お腹は重く、気分まで悪くなってきた。血液は胃に集中したいのに、無理やり全身へ回される違和感というか。

「空腹時の運動は控えましょう」とジムの館内放送で呼びかけているが、満腹時も好ましくないらしい。食事はやはり運動の後にせねばと思った。

次の月曜また行くと、インストラクターから時間変更を告げられる。翌月から二十一時半開始になると。「えーっ」と思わず声にした。終了が二十二時半。汗をかくので風呂は省けず、それから帰って食事だと、日付の変わること必至。仕事でその時間でないと来られぬ人がいるとインストラクター。遅くまで働くことの多い私は、それはわかるが、その人たち夕飯はどうするのだろう。睡眠時間にも影響しそう。運動をしない方が体にはむしろいい？

翌月から週二回でいいとするか。試験的に出て、考えるつもり。

「寝落ちる」ことが増えてきた

「寝落ちる」という事態が、少し前までピンと来なかった。もとはインターネットを接続中に眠ってしまうことの俗語だが、何かしているとき全般に言うようになったらしい。

「パソコンの前でガクッとなって目がさめた。職場のみんないたから、鼾《いびき》をかいていたら恥だなと」

　年長の男性が話すのを、少し前までの私は誇張と思いながら聞いていた。たぶん受け狙いの作り話。ベッドで本を読んでいるときならいざ知らず、日中の業務時間、しかも周囲に人がいて、そこまでタガが外れるなんてあり得ない。欠伸《あくび》を嚙み殺しながら作業したというのが、実際なのではと。

　でも近頃は、彼の言っていたとおりを体験することが、しばしばだ。

　私の仕事は、会議や打合せなど外へ出かけてするものもあるが、主には家でひとりで原稿を書いている。

「それ」に襲われる時間帯は一定しない。午前はまずなく、午後、昼食をとってしばらくしてからや夕方四時頃、あるいは夜、もうひと頑張りしようと思う十一時頃が多いか。

パソコンに向かっていて首がガクッと後ろへ倒れ、その衝撃で起きる。軽い前傾姿勢をとっていたはずが、椅子の背に完全にもたれている。瞬きをして画面を見たら「とととととと……」と同じ文字が十行以上にわたって並んでいて仰天したこともある。指をひとつのキーに置いたまま、眠っていたらしい。ちなみに私はかな入力だ。

驚くのはどのケースも一瞬のつもりが二〇分くらい経っていること。その間の記憶はまったくない。それほど熟睡しているとは。

当初はいささか動揺した。が、しだいに納得できてきた。加齢に伴い体力は、前よりも低下しているはず。朝眠くても起きてしまえば働き通せるつもりでいるが、実は休息を欲しており、限度以上の疲れをためないための自衛策かもしれない。そう思うと受け入れられる。

人と関わる仕事のときは、どんなに眠くても目を見開いて踏みとどまるが、家では「寝落ち」を許すとしよう。

きれいなパジャマを

安心な暮らしのコツといった質問を、ときどき受ける。先日はテレビ番組でそうした機会があり、コツのひとつに「きれいなパジャマを着る」を挙げたら、スタジオゲストの女性から、

「すてきな夢が見られそう。どんなパジャマ着ているの？」

瞳を輝かせて聞かれ、たじろいだ。い、いえ、私の言う「きれいな」はフリルとかレースのついた「美しい」パジャマではなく……。

あくまでも「ぼろくない」程度の意味なのだ。

寝るときの服装は、放っておくとどんどんひどくなるものである。「誰に見せるわけでもないし」と気を抜いて、落ちるところまで落ちていく。

かつての私がそうだった。

寝ている間に首が冷えると、喉風邪を引くことが多いので、ハイネックのパジャマを着ていた。ハイネックが悪いわけではない。私はそれに変な加工をしていたのだ。買ってきたときのままでは、首がきゅうくつで悪夢を見そう。なのでスリットを入れ

る。ハイネックのスポーツウェアで、前にファスナーがあり、上の方を少し残してファスナーを閉めると、襟元がV字に割れるものがある。ああなるように。

「加工」といっても、たいへんな手抜き。ハイネックのまん中あたりに、上から縦に五センチほど鋏《はさみ》を入れる。裁縫用の鋏ではなくふつうの文房具の鋏なので、切れ目は直線にならず出たり入ったり。端の始末も特にしない。切りっぱなしだ。糸は出るが、ほつれが拡大しないのでよしとする。

結果、襟元は開《あ》きすぎず、でも首回りにほどよいゆるみができて、理想的なV字が実現した。

家で寝ているぶんには、充分よかった。問題は、急に病院へ行くことになったとき。

「そんな事態なんて、めったにないでしょう」

と思われがちだが、意外とあるのだ。インフルエンザとか、冬ならノロウイルスに代表される感染性胃腸炎、夏ならば熱中症といった身近な原因で。

私は感染性胃腸炎による脱水症状で、薬ではどうにもならなくなって、夜間の救急外来へ行くことに。ベッドから這《は》うように出て、その時間診療している病院へ、これから行くと電話する。タクシーを呼ぶまで終えたところで、ふと気づくと、ひどいパジャマだ。ぎざぎざの切れ目からは糸が垂れて、破れているも同然。「加工」とは誰も思わないだろう。

しかもそのときの私は、パジャマを二枚重ねしていた。冬の寒さ対策として、保温性の高いとされるシルクニットのパジャマを二枚。ひとつはピンク、ひとつはベージュの地に紫でベリーの実を、緑で葉を描いた柄物だ。色、柄とも特に好みではないけれど、機能優先で。シルクは保温性と同時に、フリースにはない保湿性がある。私も若いときはフリースのパジャマで何ともなかったが、今は乾燥がとても気になる。年をとるにつれ眠りが浅くなるのだろうか。睡眠時の環境に求めるものも増え、われながら面倒な人になった。シルクニットは、ふつうに買うとても高価。シルクそのものが高価な上に、ニットは材料をたくさん使うので、余計値が張る。かといって化学繊維が交じると、シルク特有の機能が落ちてしまう。シルク一〇〇パーセントの商品をネットで探した中で、安さを優先し、色、柄は二の次にした。

サイズ的に小さい柄物の方をインナー代わりとして下に、ピンクの方を上に着る。シルクは長く着ると色褪せる。洗濯しないわけではないのに、というより、洗濯して水をくぐればくぐるほど、黒ずんでくる気がする。私の二枚の重ね着も、グレーがかってきたピンクと、その下にくすんだベージュと紫、緑の柄が透けているという、通常ならあり得ない組み合わせ。このかっこうで人前に出るのは、緊急時であってもためらわれる。

担架で運ばれるのではない。タクシーを降り、玄関、ロビー、受付と自分の足で歩いていく。このかっこうはあまりにも。

「これシルクニットです、シルクニットって高いんですよ」と叫んでも、はた目には単なる襤褸《ぼろ》……というか弁明のチャンスもそもそもないのだ。黒ずみも、シルクと知らなかったら単なる汚れ。重ね着の組み合わせもめちゃくちゃで人が見れば「どうしたの、この人」と思う世界だろう。

脱水症状でつらいのは、めまいである。少しでも頭を動かすと嘔吐感に襲われる中、「タクシーの来るまでに、なんとか」。死んだ気になってパジャマを首から引き抜き、セーターをかぶった。あの状態でよく着替えられたと、今も思う。

前に交通事故で病院へ搬送されたときを思い出す。タクシーに乗っていて、横から別の車に衝突された。がーん！　とすごい音に驚き目を上げたら、視界の右前方に黒い物体が飛び込んできていた。

フロントガラスに盛大にひびの入ったタクシーから這い出て、路上にへなへなと横たわり、サイレンが近づくのを聞きながら、はっと頭をよぎったのが、腰に貼っている磁気テープのこと。

「病院でＭＲＩか何か撮るのに支障になるとまずい。何よりも恥ずかしい」

横たわったまま、手を後ろへ回してむしり取った。

体裁を気にすることができたくらいですんだのを、幸いとしなければ。意識が失われては恥ずかしいも何もない。

そこまでの事態に遭わないことを祈りつつ「もしも」に備え、人に見せられる程度にはきれいなパジャマを、日頃から着るようにしたい。

突然じんましん

ある夜、家で私は、日付が変わってもまだ仕事をしていた。キリのいいところがなかなかなくて、へたに中断して後日再開するよりも、「今晩じゅうにやってしまう方が、結局は楽」と。

三時過ぎにようやく終わり、気づけばさっきからよくお腹を掻《か》いている。ズボンのウエストから中を覗けば、何これ？　真っ赤っ赤。虫刺されのような点々ではなく、ベルト状にふくらんでいる。ズボンにかぶれた？

驚いて確かめると、膝の裏も足のつけ根も太腿も。ズボンとは関係ない二の腕、脇、首筋も。目を向ける先に次々、赤いふくらみが現れて、世界地図で陸の面積を塗り広げるように拡大していく。かなりホラーな現象だ。

とりあえず痒《かゆ》み止めをすり込んで寝て、翌日は朝から式典。赤いふくらみはもはや、顔と足の甲以外の全身に及んでいるが、皮膚をカバーする服を着て、式典に臨み、夕方終わるや皮膚科に駆け込んだ。

診察準備のため脱ぐと、だいぶおさまっているけれど、ところどころ残っていて、むず痒い。先生はひと目見て「じんましんです」。「えーっ」。意外。ズボンにかぶれたのではなさそうだし、ふだんと変わったものを食べてもいない。

先生によれば、じんましんの七割以上は特定の刺激なしに起きると。またまた絶句。食べ物なり何なりの原因がわかれば、「あれを避けよう」と注意できるが、打つ手がないとは……。

がっかりする私に先生は、いやいや、このタイプのじんましんは、むしろ治しやすいのだと。薬がよく効くのだそうだ。じんましんは何らかの理由で皮膚の細胞から放出される、ヒスタミンの作用によるが、この作用を抑える抗ヒスタミン剤で、症状を和らげるという。

原因がわからなくても対処できるというのは、新鮮だった。日頃の私の発想にはないことだ。

ただ一般的にいえることとして、ストレス、疲労、睡眠不足はじんましんを引き起こしたり、症状を悪化させたりするという。たしかにあの晩の私はやや、やりすぎだったかも。「結局は楽」でも「そのときは苦」なのだ。

じんましんを警告と受け止めて、アクセルとブレーキをうまく踏み分けていかなければ。

ズンバをはじめて

通っているスポーツジムで、新しい運動をはじめた。ズンバというラテンアメリカ生まれのダンス系のエクササイズだ。たまたま行ったらカウンターに、次のレッスンとして表示されていた。

「ズンバって何ですか」。カウンターで訊《たず》ね、ダンスと聞いた瞬間、「あ、無理」と思った。リズム感ゼロだし、基本のステップとか知らないし、堅物の私には「少々不良っぽい人がするもの」とのイメージも、正直ある。

カウンターの人によれば、誰でも楽しめるようにできていると。マシンでただただ歩くのにマンネリを感じていたこともあり、だまされたと思って参加した。

そうしたらはまった。

ラテンアメリカ発なので、曲は明るくノリがいい。インストラクターの説明はなく、見よう見まねで踊るのみ。ダンスとはいえ、その場で足踏みなど、繰り返しの動きも結構ある。かと思えば、踏む足が右、左、右、左と交互に来て突然、左左と変わるなど、適度にびっくりしながらついていくので、脳への刺激にもなりそうだ。

　四五分間が夢中で過ぎ、終わったときは次週も出る気になっていた。動きを覚えたいので、他の曜日にもないか、レッスンの表をもらって印をつける。運動は「しないといけない」ものから「したい」ものに変わった。

　ネットで検索したところ、動画がたくさん出てきた。中にはレッスンでかかっていた曲も。先述のように明るくてノリがいいから、家事のときなど気分転換に流すようになった。日常生活に音楽のなかった私には、大きな変化だ。

　変化はまだある。運動時のファッションだ。マシンで歩くときは、体育の授業のようなＴシャツにトレパン。上半身は腕以外、服におおわれていた。

ズンバでは同年配の女性も、後ろの割れたタンクトップや、もともと半脱ぎみたいな形になっているＴシャツを着て、肩胛骨や、どうかするとお臍《へそ》まで見える露出度に、私ははじめとまどった。が、実際問題、みんなで踊ると暑いのだ。

　背中の開きの大きい白のタンクトップを試しに買って着て出たら、全然浮かなかった。周囲はもっときんきらだし、シャツを腰に巻きつけたり、パンツを片方まくり上げたり、ルーズな着こなしで「ちょいワル」を楽しんでいるようす。

　年を重ねると「私には向かない」と思っていることが多くなる。けれどもいざしてみると、意外に楽しかったり、予想外の展開があったりするものだ。

踊り出している

スポーツジムでひとり黙々と筋トレをすることに飽き、レッスンに参加するようになった。半年前にはじめたのがダンス系のエクササイズ、ズンバである。

予備知識なくたまたま出たら、スクワットや腕の開閉など筋トレに似た動きが多く、ダンスは未体験の私にもなじみやすい。

週一回通って四ヶ月が過ぎたところで、レッスンスケジュールの変更があり、私の行ける曜日からこのズンバがなくなった。代わってはじまったのがズンバステップだ。ズンバに踏み台昇降運動を組み合わせたもので、負荷は高まる。同じ四五分間でも、ズンバに比べて大量の汗をかく。

「脂肪をより多く燃焼できて、効率的だわ」。合理主義者の私は、大満足だった。他方、脂肪とは別の何かが不完全燃焼というか、物足りない感じも残るのだが、その正体を突き止めようとはしなかった。

二ヶ月ほど過ぎたある祝日、いつもと違う曜日にジムに行くと、ステップではないズンバがあった。久しぶりに参加して、私の中でなくしたピースのかちりとはまる音がした。「これだ、これがしたかったんだ！」。

踏み台から落っこちたり足をひっかけたりする心配なしに、ひたすら体を動かす快感。リズムを追って、頭を空っぽにして。ズンバステップは、踏み台への意識が常にあるし、昇降運動の加わるぶんダンスの要素は少なくなる。ということは、もしかして私はダンスが好きだった？

ディスコ全盛の八〇年代に青春期を送りながら、堅物の私はダンスと無縁、というよりも「遊び人のすること」として自ら遠ざけてきた。でも実は踊りたかったのかも。この二ヶ月、いや、これまでの人生に欠けていたものが、その日私はようやくわかった。

調べたら「ベビーブーマー世代のためのズンバ」というアメリカ版のＤＶＤも出ており、パッケージ写真では、ほうれい線をいっぱい顔に刻んだ女性たちが、よろこびの形に口を開けて踊っている。ベビーブーマーといえば、定義にもよるが七十歳前後だろう。

今からでも遅くない。私も踊ろう。

食いしばらずに

上の前歯のまん中が、なんとなくすいてきた。デンタルフロスしか入らなかったのが、歯間ブラシも通るように。口の中は暗いので、隙間が黒く見え、笑顔も少々ためらわれる。

加齢で歯ぐきが弱まって、歯がいわば、ばらけた感じになってきたのだろうか。おばあさんになるにつれ、隙間がもっと広がるのは避けたい。

久しぶりに行った歯科クリニックでそう言うと、口内の写真を撮って、一年半前の写真と比較した。並べてみた画像では、気のせいでなく歯と歯の間は開いてきている。

原因は、私の推測とは違った。通常は加齢に従い、隙間は詰まってくるそうだ。私の場合、噛みしめの影響が、加齢によるそれを打ち消して余りあるらしい。

上の前歯は、下の前歯にかぶさる形で噛み合わさる。噛みしめが強いと、下の前歯によって押し出される力が加わり、間が開いていくらしい。「一年半でこの変化は早いです」と先生。

この間の生活習慣の変化を振り返れば、運動をよくするようになった。他でもないズンバである。自分では楽しく踊っているつもりだが、知らずに歯を食いしばっていたのか。たしかにリズム感がないため、ついていくのは必死だ。

　運動以外の場面でも、似たようなことになっているかも。性格的なものだろうか、拭き掃除、アイロンがけ、ネットの買い物で届いた段ボール箱を潰すこと……何をするにも不必要に集中してしまう。

「上を向くと、嚙みしめるのは難しいでしょう」と先生。逆に下を向くと、嚙みしめるつもりはなくても歯は合わさる。デスクワーク、スマホの操作など、下を向くことの多い日常だ。意識して口を半開きにしておくくらいがいいのかも。

　さらには下の前歯もすいてきていることがわかった。そちらの原因は舌だ。写真だと一目瞭然。舌のへりは凸凹しており、そのラインは下の歯並びの出入りとみごとに合う。下顎に舌を押しつける癖が私にはあり、舌に跡がつくほどの力が、常にかかっているのだ。

　舌先を上顎の前歯より少し奥まったところにあるふくらみに当てるのが、正しいポジションという。舌の位置なんて、外国語の発音のとき以外考えたこともなかった。

　いくつになっても心おきなく笑えるよう、これからは意識していこう。

変わる歯並び

歯科クリニックで舌を前歯に押しつける癖を指摘され、気をつけるようにした。三週間後、再び診察を受けたところ、早速改善傾向が。前歯の間がうまく詰まってきているという。

驚いた。こんな短期間で歯並びが変化するとは。

私の歯は、二十代の終わりに歯列矯正したものである。当時は大人で矯正をしている人は少なく、子どもの頃にする方が長くかからずにすむと、医師も言っていた。

矯正で歯の動くしくみは、骨の破壊と再生だ。

そもそも歯は、それを支える骨とじかに接していなくて、クッションの役割を果たす組織が間にある。矯正器具で、例えば右方向への力が歯に加わると、左側の組織は引っ張られて伸び、右側のクッションは骨に押しつけられて縮む。クッションは元の厚みに戻ろうとするから、それを助けるため、歯の左側の骨は増え、右側の骨は減り、その繰り返しで歯は少しずつ右へずれていく。言葉での説明ではわかりづらいかと思うが、なんとかご理解いただけただろうか。

このしくみなら、たしかに代謝の盛んな成長期の方が、再生は早いだろう。一方で、矯正をしていなくても、歯にはさまざまな力が加わる。私の指摘された舌の位置や、噛みしめる癖、頬杖《ほおづえ》や寝るときの向きといった日常的な習慣でも、力はかかり続けている。

同世代の知人は、歯は常に動いていると考えた方がいいと、医師から言われたそうである。高齢者ではなおさらだと。加齢に伴い歯ぐきは痩せるし、唇の筋肉は緩む。女性は特に閉経後骨粗鬆《こつそしょう》症になりやすいのと同様、歯を支える骨も弱くなると。

意外だ。子どもの頃は身の回りにある中で、石と並んで歯ほど堅固なものはないと思っていた。漫画では、取っ組み合いに負けそうになったとき相手の腕に歯形をつけるのが、まさしく「窮鼠《きゅうそ》猫を噛む」で最強の逆転方法だったし、自分たちも切れないものに歯を立ててちぎるなんて、ふつうにしていた。周囲の大人も、女性たちは布を裂くのに歯で押さえていたし、栓抜きの代わりに歯で瓶の蓋をこじ開ける男性もいた。それらのイメージに反して、歯は実は不安定なものらしい。

私の前歯がすいてきたのは、二十代のときの矯正で四本抜いているのと関係があるだろうか。歯に対して顎が小さく、一列に並びきらずに前歯が出ていたため、抜いてスペースを作って調節したのだった。

前歯にかぶさっていたぶん、唇の肉が余るから、六十歳くらいになるともしかしたらしわが寄るかも、と言われたが、当時の私には六十なんて霧のかなたのような遠い将来。今現在のことが優先で「構いません」と即答したが、その六十も数年後に近づいて……。

シニアの矯正も一般的になってきた。先述の知人は、まさに矯正治療中。私のクリニックの先生も、気になることができたら方法はあると頼もしいことを言う。これからも折々に相談していくつもり。

骨も鍛えよ

連絡の滞っていた知人からメールが来た。手首を骨折していたという。宿泊先のホテルでシャワーをすませ、バスタブを跨いだところで転倒したそうだ。

自宅ではなかったのが幸いした面もある。病院探しや送迎の手配は、フロントがしてくれた。が、フロントに助けを求められる状態にするまでがたいへん。洗い髪から水が滴っているのはこの際仕方ないとして、一糸まとわぬ姿で呼ぶのはさすがにためらわれる。痛みをこらえバスローブに腕を通し、肘も使って紐を結び、最低限の身繕いをしたという。

窮状は察するに余りある。他人事と思えないのは、周囲の同世代に骨折の話が、やけに多いのだ。みなさん口を揃えるのが「こんなことくらいで骨折すると思わなかった」。冒頭の人も本人としては、バランスを崩し危ないと思って「ふわっと手をついた」だけだそうである。

十代の頃は体育の授業や部活で、男子など頭からゴールに突っ込んだり、全力でぶつかり合ったりと、もっと激しい衝撃のかかる場面はいっぱいあったが、骨が折れたなんてそう聞かなかった。それだけもろくなったのだ。

このところの私は筋肉作りに励んでいるが、骨への意識は希薄であった。折しも婦人科クリニックで、年に一度の検診を受ける時期。オプションにある骨密度の測定も申し込む。機械の上に腕を乗せX線をあてる、簡単なものだった。

結果は、骨密度のいちばん高い年代での値を一〇〇パーセントとして九二パーセント。この数字をどう評価するか。

八〇パーセント以上なら心配ないと、クリニックの貼り紙には書いてあった。が、六年前と三年前にもそのクリニックで測定していて（そのことを忘れていたのも、実はショックなのだが）、それぞれ九四パーセント、九三パーセントと確実に減っている。骨量を増やすとされる食事、運動、日光浴のうち、日光浴以外はまあまあできているつもりだが、それでも上がりはしないのだ。かくなるうえは、下がるのを少しでも遅らせるようにするほかないか。

「私は股関節と膝が人工関節なのよ」。そう語る八十代の女性に、たまたま会った。病気の治療に用いた薬の影響もあり、骨は早くにもろくなったが、人工関節を入れ、水泳もウォーキングも楽しんでいると。そんな方法もあると、励まされた。

痩せる方法

夏の間は薄手のストレッチパンツを常用していたが、そろそろ厚手に替える季節だ。クローゼットの奥から出し、両足を入れて引っ張り上げて「ん？」。ウエストがきつい。

はけなくはない。でも、締め付けられている感じ。立ったり座ったりの多い今日は動きの妨げになるので、とりあえず元のものをはく。

心中は複雑である。薄手に慣れきったのか、太ったのか。半年前に買ったときはちょうどよかったが、こう早々と着られなくなっては無駄が多すぎ。

半年間、運動はよくしていた。特にこの半月はジムのハードなエクササイズにはまった。ボクシングのような動きを、六〇分間ひたすらする。劇画の主人公さながら汗みどろになって、パンチ、キックをくり出し続け「人生の中で今がいちばん鍛えているわ」と確信した。

だのに絞れるどころか逆の結果。どうしたものか。

痩せる方法は知っている。身をもって確認ずみだ。一時期、重度の胃潰瘍を患い、消化の負担をかけぬよう、医師からは油と繊維は控えよ、ご飯もお粥《かゆ》にと指示された。病状が深刻だった私は、真面目すぎるほどに守った。揚げ物なんて論外。青魚の干物も脂があるので、タンパク質をとるには、豆腐か白身魚を蒸すか。野菜はゆでてすりつぶす。離乳食のようである。焼き菓子はすべてＮＧ。間食といえば水ようかんくらい。そしてお粥を自分で炊いたことのある人は、ふつうのご飯と比べいかにお米が少ないかに驚くだろう。

顔はたちまち細くなった。当時の写真は体つきも骨張って、あきらかに痩せている。運動なんてまったくしなかったのに。

極端なダイエットをしていると思われるのか、年長者の幾人もから「キミ、それはよくないよ。健康的とは言えないよ」。真顔で注意され、そのたびに「今、治療中でして」と力ない声で説明するのだった。

方法は単純。油抜き、繊維抜きだけでいい。が、治療という差し迫った必要なしにそこまで徹底して実行するのは難しいだろう。「やれば効く。でもやれない」の典型である。

あの痩せ方は困るが、着るものがなくなっていくのもまた困る。中間を行きたいものだ。

眼鏡なしでは

家にいたある日のこと。朝の諸事をすませて、さてパソコンに向かおうとすると、老眼鏡がみあたらない。起きてからの動きを振り返る。ベッドで新聞を読んだときにかけていたのが最後。歯をみがき、洗濯機のスイッチを入れ、ついでにパソコンも起動させて、簡単な朝食を作ってとり、脱水のすんだ物を干して、今に至る。経路のすべてをたどり直したが、ない。よっぽど意表を突くところではと、冷蔵庫や洗濯機の中まで覗き、ベッドカバーの内側に入り込んだかとわざわざ外してみたが、みつからず。あいにくスペアのメガネは壊れていて、修理はまだだ。

「メガネなしでは、ほんとうに何にもできないんだなあ」。パソコンはおろか、電話をかけようにも番号が読めず、薬の箱に一回何錠と書いてあるかもわからず、行動がいかに制限されるかを知る。

震災の後、寄付を通じて参加した支援に、女性の生理用品や医療用カツラを送るものがあった。食料や水といった第一次的なものとは別に、人によって、ないとすごく困るものを送るのだ。あの中にメガネはあったか、今さらながら気になる。自分がその状況なら、避難所の掲示物や申請書の文字を読めないことが、たいへんなストレスになりそうだ。

続きの文脈で書くのは申し訳ないけれど、店やサービスカウンターなどでキレる高齢者が、ニュースなどでよく取り上げられる。急速なＩＴ化についていけない、会社で地位に応じた待遇を受けていたのとのギャップ、加齢に伴う脳の変化で感情の抑制が利きにくくなるなど、分析はいろいろだった。

それらに加え、視力や聴力の低下も影響するように思う。何の店だったか忘れたが、カウンターに置いてある小さな字の価格表を示され、即答を求められたとき、私もムッとしたことがある。口頭でも案内すればいいのでは、お金を受け取るならそれくらいの労をとっていいはず、と言いそうになるのを呑み込んで「待って下さい。メガネを出しますから」。その場の空気は硬くなった。先方は、お金のことだから印刷物の方が確かと思ったのかも。その文字を「見えない」とは、想像がつかないのだろう。

聴力も挙げたのは、飲食店でこんなシーンに遭遇したからだ。隣席の高齢男性の注文に、若い女性店員が「旬の玉葱には素揚げと蒸し焼きがありまして、蒸し焼きですとお時間を一五分ほどいただきますが」。か細い声で説明すると「何だか知らんがごちゃごちゃ言わずに注文したものを持ってくればいいんだ！」。あれも聞こえにくかったのでは。

メガネ紛失事件から、妙に深刻な話になってしまった。すみません。

メガネはあった。パソコンのある机の脇のくずかごの中だった。起動する際持っていき机の端か何かに置いたのが、服にすれるなどして落ちたものと推測される。

無意識に置かずに確認を。スペアは整備しておく。そして外でとまどうことがあっても「見えないんです」とふつうの口調で率直に言う。この三つを心にとめた。

周りが見えてはいるけれど

スーパーのレジに並んでいると、私の列が停滞した。首を伸ばしてようすをうかがえば、私の一人おいて前の人が、徹頭徹尾マイペースなのだ。六十代とおぼしき女性である。

支払い額を店員さんに告げられてから財布を開き、千円札を一枚、二枚……数えながら取り出す。せっかちな私は、店員さんがチェッカーに通すたび上がっていく合計額から予測して、到達しそうな金額分のお札を握り締めて待つのだが、この人はことごとく事後に行動を開始する。

受け皿にお札を重ね終わってから「で、細かいのはおいくらでしたっけ？」。小銭入れの奥から一枚、二枚……角度を変えて覗き込んでは、ほじくり返す。列を止めているプレッシャーから、小銭をあきらめ五百円でお釣りをもらいたくなりそうだが、あくまでも四八六円ちょうどを出しきるつもりらしい。

ようやく小銭を揃え終わって、やれ完了かと思いきや、ポイントカードの有無を問われ「あ、あります」。またもや財布の中を探しはじめる。後ろの人が軽く舌打ちするのが聞こえた。

マイペースを貫くのはご立派だが、ああ周りが見えなくても困る。社会性を保たなければ。自分の番が来たときは、九〇四円の支払いに「一〇〇四円からお願いします。ポイントカードは結構です」。やや意地になって、てきぱきと事を進めた。

ところが別の日の夜のこと。最寄り駅まで帰ってきた私は、閉店間際のスーパーに駆け込む。トイレットペーパー、キッチン用洗剤、排水口ネット、コーヒーのフィルターペーパーなどが、いちどに尽きかけていたのである。

チェッカーの合計額が上がっていくのを横目に、財布を開けてどきりとする。二千円ちょっとしかない。ここってたしかクレジットカードが使えなかった。脇にじわりと汗がにじむ。どれか一品、カゴから抜こうか。でもできれば今日のうちに買いたいものばかり。二千円を超えそうな勢いだが、小銭をかき集めれば、なんとか行けるんでは。

最後の一品がチェッカーを通る。二円足りない。「すみません、コーヒーの紙を取り消して下さい」。射すような視線を背中に感じた。お許しを！

周りが見えていない、わけでなくても、迷惑をかけることはある。「私はまだ社会性を失っていません」と言わんばかりの先日の態度を、深く恥じた。

増える「うっかり」

うっかりミスが多くなっている。もっともおそれるのは、玄関のカギを家の中に置いたまま外へ出て、ドアを閉めてしまうこと。

私の家は築三〇年の住宅で、あちこちガタが来ているはずだが、玄関ドアはなぜか堅牢《けんろう》だ。ホテルのようなオートロックになっており、ドアを閉めるや、有無を言わせずロックされる。

最初にこのミスをしたとき「うっかり」が招く事態の大きさに驚いた。帰ってきたのは夕方で、カギの一一〇番という業者に電話し、到着まで待つこと一時間半。来た人では開けられず助っ人が呼ばれ、ふたりがかりで一時間半頑張ったがだめで、その晩はついに家に入れず、近くのホテル泊まり。翌日の昼近くになり、そのカギの専門業者が来てようやく入れた。ピッキングに強いとわかり、防犯性の高さは頼もしいが、ミスしたときの代償も高いのだった。

ひとり暮らしの私には、カギを預ける人はない。植木鉢の下や郵便受けに隠すのは、せっかくの防犯性を低めてしまう。自分で気をつけるほかはない。

キーホルダーを派手にした。キッチンスポンジくらいの大きさの、赤いチューリップ柄のキーホルダーを付け、ドアの内側にフックで吊す。こうすれば出るとき嫌でも目につくはずと。

それでも数年前、また同じミスをしたときはかなり落ち込んだ。朝のごみ出しの際である。寝ぼけていたのと、資源ごみの日で新聞紙の束、段ボールの束、古布の袋など、両手いっぱいに提げていたのとで、注意力が散漫になっていたのだろう。うっかりカギを持たずに出てしまった。起きたてで、パジャマを兼ねた部屋着一枚。洗顔もまだだ。清掃員さんに携帯電話を借りマンションの管理会社へ連絡した後は、ＵＶクリームも塗っていない頬をしだいに高くなる陽にさらしつつ、専門業者の到着を、ドアの前でじっと待っていたのである。

「うっかり」対策を強化した。キーホルダーはさらに巨大化。鍋つかみ大の、青に黄色でひよこのアップリケのある布袋。幼稚園児の上履き入れに近い。ごみ出しはむろん、新聞を取りに出るにも、まずそれを握り締める。荷物を抱えて帰ってきたときは、足もとにいったん置いて、カギ穴にカギを差したまま順々に入れ、最後にカギを抜くことを習慣づける。これらの対策により、ここ数年は自分を閉め出すことがなく、うっかりミスを撲滅できたかに思われた。

先日もその方式で家に入り、荷物を整理しひと息ついたところで、ドアのチャイムが鳴る。宅配便だ。受け取って判を捺《お》すと、「あのう」、配達員がまだ何か言いたそうにしている。えっ、着払いのものでもあったっけ？

「こ、これ、何か意味があるんでしょうか」。遠慮がちに指さす方を、身を乗り出して見れば、派手な青が。ドアの外に布袋がぶら下がっている。カギ穴にカギを差したまま、抜くのを忘れていた。危なすぎ！　防犯性ゼロである。

配達員がいい人でよかったと、胸を撫《な》で下ろすとともに、新たなタイプのうっかりミスの発生に、気を引き締めるのだった。

忘れない工夫

うららかな午後、書斎と呼ぶ部屋に私はいる。リビングで知りたいことがわき、そのことが書いてありそうな本を取りにきたのだ。この本のたしかこのあたり。

めくってみれば、どんぴしゃり。「私の記憶力もまだまだ捨てたものではないな」と気をよくし、関連箇所を次々と探し当てては付箋を貼る。

本を小脇にリビングへ戻れば、なんだか湿度が上がっている。妙に暖かくもあり、こんなに気温が上昇するって……。

はっとキッチンを振り向けば、やかんから湯気。注ぎ口のみならず蓋の隙間からも盛んに立ち上っている。

飛びつくようにスイッチを切った。壁のタイルは風呂場さながら、びっしりと水滴がつき、筋状に垂れているところも。いったいどれだけわかし続けていたのか。

記憶力もまだまだとか、さっき言いましたっけ？　とんでもない。火にかけたことがまるっきり頭から抜け落ちていた。

テレビドラマのシーンを思い出す。高齢の母を久しぶりに訪ねた息子が、ひとりではおいておけないと判断した契機が、キッチンの壁に残るあまたの焼け焦げ跡だった。年をとるにつれ、こういうことが重なっていくのだろうか。

私について言えば加齢だけでなく、ひとつことについのめり込む性格のせいも大きそう。せっかちなので並行して何かしたがるが、先にしていた方を忘れる。

そういう認識はあるので、無策でいるわけではない。キッチンタイマーを注意喚起に使っている。浴室で洗濯物を乾燥するときは必ず。

浴室乾燥機は、設定した時間が来れば、音もなく切れる。忘れて放置しておくと、せっかく放散した水分が一部元に戻ってしまい、やり直すはめになる。それを防ぐため、設定時間に合わせてキッチンタイマーが鳴るようにした。同様の措置が、もっといろんな場面で必要かも。

今はキッチンタイマー二台で管理している。しょっちゅうピーピー呼ばれている。浴室乾燥機もガスの火もアイロンも使っていないのに、「なんで鳴っているの？　この家のどこで何が起きているの」と焦って回り、スマホのアラームの切り忘れのときもあるから、まったく……。

情けない話ばかりで終わるのはさびしいので、先日の湯気のおかげで、キッチンのタイルの油汚れがよく取れたことを付記しておこう。

聞くって、たいへん

とある集まりに参加したときのこと。某団体の設立五十周年を祝う、数百人規模のパーティーだ。

来賓のひとりの述べる祝辞が、緩急のつけ方といい、間合いのとり方といい、たいへんみごとな節回し。客席がどっとわくたび、いよいよ調子が上がってきて、話せば話すほど気持ちよくなるタイプらしい。

「やれと言われれば何時間でも話せるって、本人も言ってたよ」

私の隣に座っていた、来賓をよく知る人がささやいた。尊敬する。私はまったく逆である。

人前で話さなければならないことは、社会人だからあるにはあるが、その場に合わせて当意即妙になんてことは絶対できず、事前に原稿を作成し、忠実に読み進める。笑いをとるとか、聴衆をいわゆる「いじる」といった、聞く人の反応を引き出しつつ盛り上げていくことができないのだ。顔が見え「飽きているな」「つまらないと思っているな」と察知した瞬間、動揺でどこまで原稿を読んだかわからなくなるため、なるべく目を合わせない。結果、単調になり、ますます退屈させるという悪循環。話術そのものを楽しんでもらえる人間ではないので、講演は内容を準備できるものに限っている。

二〇分という短い講演でも、した日は決まって体脂肪が一パーセント減る。「話すって、エネルギーを消耗するのだな」と思う。本気で痩せたかったら、ダイエットよりも運動よりも、私のような話し下手な人間には、効果てきめんではなかろうか。

そんな私がある日、聞き役に徹することとなった。仕事上の教示を受けるため、朝十時から夜八時までお昼休みと入れ替えタイムを挟みつつ、複数の人に順に話を聞いたのだ。終わると頭はもう、なんにも考えられないくらい疲れていて、全身を耳にしていたのだろう、肩も背中もばりばりに凝っていた。「とにかく広い浴槽につかって、リラックスしよう」と、ジムに風呂だけ入りにいった。

体脂肪計に乗ってみると、なんと二パーセントも落ちている！　一日で二パーセントなんて、どんな激しい運動をしたって絞れるものではない。

聞くことも、話すと同様かそれ以上にエネルギーを使うと学んだのであった。

共感する力

　ひとり暮らしの私にとって、認知症は気になるテーマだ。親の介護が終わった後も、関係書はついつい読んでいる。

　老年医学の専門家の本に、印象的なシーンがあった。夜中に女性看護師が病室を巡回していたら、認知症の入院患者の男性が、ふと目を覚まし声をかけた。若いお嬢さんがこんな夜中に出歩いていたら危ないよ、送っていこうか？

優しい！　と胸動かされ、でも、ありそうなことだなと。

　九十歳で亡くなった私の父が最後に入院したとき、同じ病室にいた男性もそうだった。父と反対側のベッドに、ほぼ寝たきり。ベッドは壁側を頭にし、足どうしを向かい合わせて置かれていたので、父と言葉を交わすことはおろか、顔を見たこともなかったかもしれない。それでも、父が処置を受けていると「無理強いしちゃいけないよ！」と看護師さんにしきりに言う。

　必要な処置であり、父も抵抗はせず身を任せるばかりなので、無理強いには当たらない。が、少なくとも自分から体勢を変えることのできない人が何かされているのは感じとり、落ち着かなくなるらしい。状況はわからなくても、心配するとか思いやりを寄せるといった、共感力のようなものはあるのだ。

父本人にも共感力はあった気がする。認知症が進んでいながら、外へはまだ出られた頃のこと。家族が散歩に連れていくと、家族の知り合いのおばあさんと会った。その人も九十歳近い。

「まあ、まあ、よくお出かけになって！」。涙ぐまんばかりに父の手をとる。超高齢者どうしにままあるシーンで、そうして外を歩けているというだけで、互いを祝福し労《いたわ》り合うような気持ちがわくらしい。「私も寝ている方が楽かしらと思っても、やっぱり散歩だけはって」。「ええ、ええ、そうでしょうとも！」。父も初対面の婦人に手をとられて驚くでもなく、深くうなずき共感を示している。

「私も、ほら、老い先短いから。わかるでしょ？」「ええ、ええ、わかりますとも！」。そこはあんまり激しく同意してはいけないところなんではと、家族としてははらはらするが、本人たちは心を通い合わせているようす。

そんなシーンをいくつも目にしてきた私にとって、認知症はそう暗いイメージばかりでもないのである。

冠婚葬祭が少なくなって

大人のシックとは無縁の服装でいる私に、ドレスコードのある場に行く機会が訪れた。

東京都庭園美術館で開催の展覧会だ。その名も「メディチ家の至宝」。

メディチ家。ヨーロッパにうとい私でも聞いたことがある。高校の世界史で出てきた。展覧会の案内によれば、フィレンツェに三〇〇年間君臨し、ヨーロッパのさまざまな王室と姻戚関係を結んだ一族で、その一族の人々を華々しく飾ったルネサンスジユエリーとのこと。

どれだけゴージャスなお宝だろう。そのひとつひとつが、宮廷を舞台に繰り広げられた愛と権謀渦巻く歴史ドラマの生き証人……上ずって筆が滑った、生きてはいないのだった。

展示されるところもまたゴージャス。東京都庭園美術館は、旧朝香宮《あさかのみや》邸の建物で、館内にはアールデコ様式がふんだんに取り入れられているという。集合住宅の一室で味噌汁と糠《ぬか》漬《づ》けを食べている日常を忘れそう。

ドレスコードがあると述べたが、正確にはドレスコード割引である。パールを着けていったら入場料が百円引きになるという。パールが「人造でも可」というのが泣かせる。

おもちゃみたいなアクセサリーばかりしている私だが、パールくらいはあったはず。ずいぶん前に不祝儀用に買ったネックレスが、たしか。

直前にならないと腰を上げない悪い癖。前の晩になり、「さあて、どこか」と探したが、パールのネックレスはみつからない。よく思い出せば、前に不祝儀用に買ったことは買ったが、表面が剝げたため処分したような気がしてきた。

考えてみれば最近は、法事もアクセサリーなしですませている。法事といえば親の命日などの節目に、きょうだいだけで集まるくらいなので、服装も簡略化してきた。

三十代の頃は法事が、妙な言い方だが今よりもっと盛大だった。おじおばの亡くなることが続き、そのたびに参列者も多かった。亡くなった当人が現役を退いて間がなかったり、社会的なつながりをまだ維持していたためもあるだろう。同時期に母が死去した際は、私も仕事の関係者に知らせなければならないものと思い込んでいた。おじおばの代のほとんどが故人となり身内の訃報が途切れた今は、葬儀をするとしてもこぢんまりとだ。五十代で九十歳の父を看取ったときは、きょうだいとその子どもたちだけで送ったし、おじおばもそのくらいの年まで生きた人は「内々のみですませました」という報告を、いとこから後で受けるようになっている。数そのものも少ないし、あっても社会化しない葬儀である。

パールのネックレスがないとわかったときは、

「冠婚葬祭の基本たるパールのネックレスも持っていないなんて、大人の女性としてどうか？」

と思ったが、背景にはそうしたこともありそうだ。

葬儀の頻度や規模も、年につれて移り変わる。この先ふたたび増えるのかもしれないが、パールのネックレスなしですんでいる今は幸せな時期といえそうだ。

どうする、ドレスコード

冠婚葬祭がめっきり減って、不祝儀用のパールのネックレスすら持たなくなったが、「ここぞ」のときにはやっぱり困る。ドレスコード割引のある展覧会へ行く前の晩、そう感じた。

割引を何が何でもしてほしいわけではない。が、せっかくそうした特別な企画を設けてあるなら、のっかってみたくはある。加えて、案内人としての責任感も少しはあった。読売新聞の日曜版「アート散歩」という記事で案内人の役を私はしていて、このたび東京の旧朝香宮邸へ「メディチ家の至宝」展を見に行くのも、その役割のためなのだ。用意されている企画は体験し、楽しさを伝えたい。パールは、メディチ家の人々が特に愛したものなので、それを身に着けていけば割引になるのである。

パール、パール、「そうだ、あった」。

真珠といえば丸い玉がふつうだが、鍾乳石《しょうにゅうせき》のようないびつな粒をつないだものだ。縦長の粒のまん中に、横に糸を通して連ねたものを、首もとに沿わせると付け襟みたいになるのが面白くて買った。

ネットで何かを検索していたときたまたま出たもので、七千円しなかったと思う。形は変だが、パールはパール。それをしていくことにする。記事なので、ネックレスの来歴を聞かれるかもしれない。「メディチ家の至宝」展にちなんで私も「祖母の形見です」とか「家に代々伝わるものです」と言えたらいいのだが、「ネットで買いました」ではストーリーがなさすぎる。

この変わった形が何物であるかを言えるよう、商品の説明を読んでおこう。おしゃれにはずぼらだが、こういうことには真面目なのである。

ショッピングサイトの「購入履歴」を検索するが、買ったのがずいぶん前で履歴がもう残っていない。せめて何真珠だかがわかればいいのだけれど。

淡水真珠？　南洋真珠？　いろいろな検索ワードをショッピングサイトに打ち込んで、表示される商品画像を調べた末、「バロック真珠」と言えば間違いないらしいとわかった。不完全な歪《ゆが》んだ形の真珠のことだそうだ。

パールというドレスコードは満たした。後は服をどうするか。時期は夏。この季節の服で、朝香宮邸、メディチ家の至宝展といったＴＰＯに合うものは？

夏らしさなら白のワンピースだ。しかしパールが目立たない。パールが映えるのは黒のワンピースだが、それだと法事っぽくなってしまう。

ネイビーの地模様のワンピースにした。柄物は正式な場には好ましくないと聞くが、プリントではなく同じ色の糸の織りによる柄なら許容範囲とか。

後に仕事でごいっしょしたスタイリストさんによれば、大人が「きちんと」感を出したいとき、ネイビーは強い味方。黒だと重くなりすぎるところを、ネイビーは救ってくれる。若いときはネイビーは高校の制服みたいで、それよりは黒を、となりがちだが、高校時代を遠く離れた今こそ、ネイビーをおおいに頼りにしたい。

次なる問題は足もとだ。日頃パンツばかりでいると、ワンピースやスカートは、ふくらはぎをおおうものが急に薄くなって心もとないのだ。肌の色の透けるストッキングが正式だそうだが、夏でもワンピースの下にレギンスをはく私には寒すぎる。ドレスコードを少々外れるが厚めのタイツにすることに。

寒さでいえば冷房対策はジャケットか。改まった場でカーディガンは認められる？

足もとでいえば靴も悩む。展覧会は歩き回るから疲れにくい靴でありたいが、ウォーキングシューズだとワンピースに合わない。

引っ張り出してきては、鏡の前で取っ替えひっ替え合わせ……気がつけば、

「えーっ、もうこんな時間⁉」

日付けはとうに変わっている。七時間後には家を出ないといけないのに。これから

まだお風呂にも入らないといけないのに……って、デートか？

睡眠時間がどんどん減って、服装はなんとか整えたものの、寝不足もあらわな肌で行った。しかし悩んだかいがあった。東京都庭園美術館で迎えたキュレーターの女性は私のネックレスをひと目見て、

「ドレスコードに合わせてきて下さったんですね。しかも展覧会の趣旨に合わせて、バロック真珠を」

趣旨に合わせて、というのが瞬間わからなかったが、遅れて得心した。真珠の養殖に成功したのは御木本幸吉《みきもとこうきち》と、小学校のときに習ったのを思い出したのだ。ということはメディチ家の頃は、真珠は天然。ならば完全な球形の方が少なかっただろう。

養殖がなかった頃の真珠は、海の貝の中に秘《ひそ》かに育っていたものとの奇跡的な出会いによるほかない。たいへん稀少で、ダイヤより高値で取り引きされた時代もあったという。展覧会には、その天然真珠を百個もドレスに縫いつけた女性の肖像画があり、メディチ家の途方もない財力を感じた。他方、特大のバロックパールを赤ちゃんの白いおくるみに見立て、金のゆりかごに入れた工芸品もあり、子宝を授からなかった女性の愛した品と聞いて、哀れをおぼえる。この女性がメディチ家直系の最後の人とな

ったとのこと。

パール百個のドレスがなぜ現物でなく、肖像画のみなのか。メディチ家の至宝は、現物が残っているのが少ないという。メディチ家に限らずジュエリーの運命かもしれない。権力を失うと、売られて散逸してしまう。

アクセサリーは飾り物であるだけでなく、財産の面も持つ。不安定な政情のもとでは常に身に着けているとも何かで読んだ。それからするとふだんアクセサリーをしなくてすんでいるのは、平和の表れかもしれない。

さまざまなことを考えた、メディチ家の至宝展。

前の晩の焦りも、過ぎてみれば楽しかった。着ていくものに迷って取っ替えひっ替えするなんて、お出かけ前の少女のようだ。パンツやレギンスで自転車に跨がり、スーパーとジムと家との間を走ってばかりの日常からは新鮮だった。

ドレスコードのある場へたまに出かけるのも、リフレッシュになる。

至宝展の要らない置き土産は、パソコンに現れるパールの売り込みである。何真珠かを言えるよう、ショッピングサイトで必死に検索したせいか、その後、全然関係ない調べ物をしていても、脇に突然「真珠が安い！」とか「高級真珠を卸売り価格で！」とか出てきて、とってもじゃま。検索履歴から「真珠を買いたがっている人」とパソコンに（？）思われたらしい。

「それ、もう終わった話なんですけど」と溜め息をつき、パソコンの方があきらめて、表示しなくなるのを待っている。

履きやすい靴を求めて

靴については漂流民だ。安住の地をみつけたと思ったら、追われることを繰り返している。

最初に出会えたのは、デパートに置いてある某メーカー。仕事上の知人である女性から聞いた。

知人はジムで運動しすぎて膝を痛めたと言いながら、そこそこエレガントな靴を履いていた。黒のエナメルで甲のところにストラップが付いており、会ったとき着ていた黒のワンピースと違和感がない。ホテルでの立食パーティー会場や音楽ホールでも浮くことはなさそうだ。

「膝が痛いとき、つらくない？」

と訊ねれば、仕様はウォーキングシューズだと。なるほどヒールは高くなく、片足を上げて裏を見せてくれたところ、爪先からかかとまでひと続き。靴底全面で足をつけられ、体重を支える負担は分散されそう。

それまでの私は、仕事といえばパンプス。ヒールはなるべく低いものを選んでいたが、土踏まずの前の部分に体重がかかってしまい、足裏はそこだけたこができた。爪先は圧迫されて、家に帰って靴を脱ぐと指が真っ赤。

ウォーキングシューズなら楽だろうが、私の思うそれは、シニア向けに「さあ、行楽に出かけて下さい」とばかりに作られた、ずんぐりむっくりのもの。ジャージやストレッチパンツには合うが、ワンピースやスーツには無理で、仕事に履いていけないものと決めていた。

がそれは昔の話らしい。知人によると今は、デザインはエレガントで履き心地はウォーキングシューズというものが結構出ていると。必要に迫られ探した人の言うことだから、真実味がある。その人が買ったというデパートへまず行ってみよう。

果たして、あるある。おしゃれなウォーキングシューズが並んでいる。いくつかのメーカーのを試し、しっくり来るものに出会った。

色はメタリックなグレー。知人のと同様、アウトソールは爪先からかかとまでフラット。マジックテープで留めるストラップが付いており、エレガントな印象ながら、爪先は丸みがある。

足を入れてみて、インソールの当たりのやわらかさと弾力性に感動。着地の衝撃をソールが吸収するらしく、売り場を試し歩きしても、フロアの硬さが響かない。足がフロアに着いてから離れるまでの動きに合わせ、いい感じにしなって、これと比べればそれまで履いていたパンプスのソールは、ただの板。私の足の動きとは無関係に一枚入っていただけだった。

ストラップ。これは幼女がピアノ発表会でレースの白ソックスとともに履く靴のイメージがあり、リボン同様かわいらしさをアピールするための単なるデザインかと思っていたが、そうでなかった。靴の中で足が前へ滑るのをくい止める。結果、体重が土踏まずの前の部分に集中するのを、そこでも防ぐ。

そして丸みを帯びた爪先は、指への締め付けがまったくない。

歩行の負担は、劇的に改善された。靴イコール痛いもので、革靴の宿命とまで思っていたが、あるところにはあったのだ。

つらい生産終了

履きやすい靴を求めて、これはと思える一足に出会えた。あんまりいいので、色違いを買いにいった。デパートの売り場の女性は、

「ああ、これ、私も履いています」

たしかに制服のスカートの足もとはその靴。立ち仕事の女性が、しかも靴担当でさまざまな商品を知っている人が、その中で選んだのだからもう間違いない。

私は周囲の女性の何人にこのメーカーを紹介し、感謝されたか。靴に悩む女性は予想以上に多いのだ。

その人たちに共通の傾向は、履き心地を気に入ったら同じものをリピート買いする。色違いで、たて続けに買った人もいた。セールかどうかなど関係なく、とにかく自分のサイズのあるうちに。足の痛さにずっと耐えていた人には、救世主が現れたも同然なのだ。

私も同型でグレー、黒、夏に白を買い足し、三色備えた。これでもうだいじょうぶ。中でもグレーをよく履いた。黒は重い印象だが、グレーはいろいろな色に合わせや

すく通年で出番がある。そのぶん傷みも早いので、グレーをまたそのうち買いにいこう。

ところが信じがたい事態が待っていた。なんと製造中止になるという。たまたま売り場を通りかかると、めずらしくセールになっている。もはや靴仲間となった女性店員に、

「セールなんてはじめてですよね？」

と話しかけると、

「もう作らないそうなんです、在庫限りで終了なんです」

深刻な顔つきで言う。その人にとっても、わが身のことだ。

「そのうち」なんて悠長なことはしていられない、前倒しでグレーを探したが、売り場にはなかった。

帰宅後、メールで愛用者たちに知らせると、悲報はすでに伝わっており、ネットやリアル店舗で探し回っているものの、軒並み売り切れという。私は遅きに失したか。

果たしてネットでも、私のサイズのグレーはない。

あるものを履き続けていくほかないのか。基本的には頑丈な靴だ。が、限界はある。今のはストラップを留めるマジックテープが弱くなり、しょっちゅう剝がれる。家

から徒歩一〇分の駅までの間に何回も。駆け出すときにそうだと転びかねず、もはや危険の域に入っている。

アウトソールもすり減り、水平でなくなってきた。靴箱の棚に置くとき見ると、外側と内側とで厚みが違い、斜めに傾いている。これも安定的な歩行を妨げる。傷もやっぱりついている。グレー特有のメタリック調の加工が剝げて、靴クリームを塗り重ねてもごまかせず、仕事先に履いていくのに気後れするように。これは恥ずかしいかも。

愛用者たちも同様だ。漂流の末にようやくたどり着いた至上の履き心地だから、それを超えるものがみつけられず、手持ちのを履き潰している状況という。

「ネットオークションで、とんでもない高値で出てる」

憤慨して知らせてきた人もいた。それでも落札されたそうだから、ほしい人にはいかに切実だったか。

在庫争奪のパニックを経て、私たちは再び漂流民に戻った。

変わらないって難しい？

生産終了した靴の劣化がかなり進行し、後のない気持ちで過ごしていたとき、ふだん行かない駅ビルにて、婦人靴でフィット感を全面に出している店を見た。通路に面した棚には、グレーのパンプスふうのもの。が、底は爪先からかかとまでひと続きで、フラットシューズに近いのでは。

試着すると、期待以上に履きやすい。

「独自のソールを使っているんですよ」

と店員さん。たしかに長年履いてきたものとは違うが、これはこれで足への当たりはソフトだし、クッションもそこそこ効いている。

デザインはこちらがよりエレガント。今まで履いてきたものより細身で、バックル付き。デザインとしては、仕事先に履いていくのに、より適しているといえる。

今履いているのは、ストラップも安定性のもとであり、それがないのは心もとないが、この細めの幅がストラップ代わりの役割を果たすと知った。左右がフィットすることで、足が前へ滑るのを防ぐのだ。

全体は細くても爪先は丸みがあって、指は締め付けから自由にしておいてくれる。売り場を三周し履き心地を入念に試して、確信した。やっと代わりがみつかった！

その場で購入。限界に達していた靴を、これでようやく処分できる。帰宅後ネット検索し、そのメーカーは通販もしているとわかった。これは助かる。黒、次いでネイビーを買い足す。ネイビーは、前の靴にも「あれば」と願っていたがなかったものだ。

色やデザインの豊富さは、このメーカーは前のところ以上では。

「これだから前のところは負けてしまって、生産終了に追い込まれたのでは」

と思ってしまった。価格もこちらが若干安いし。

画面で見ていると、商品が豊富なぶん、識別するため商品名は長くなる。撥水《はっすい》軽量スクエアバックル付きバイカラーなんたらという具合では、ひと目では覚えられないほどだ。

いろいろある中で私がよさそうに感じるデザインは、商品名に「バレエ」と入ることがわかってきた。バレエシューズの略らしい。

バレエのシューズと聞けば、爪先立ちするトゥシューズを想像し、足には痛そうだが、婦人靴の一カテゴリーとしてのバレエシューズは、平らで爪先の丸いものを言うと、それもこのときはじめて知った。

「これからは、ここでバレエを探せばいいのだな」

助かった、と息をつく。救世主と頼んだ靴が生産終了でお先まっ暗でいたけれど、捨てる神あれば拾う神ありだ。

早速色違い買いした三足で、いちばん出番が多いのはやはりグレーで、早く傷む。休ませつつ交互に履くのが靴を長持ちさせると、昔から言われる。グレーのバレエはもうひとつ買っておこう。

通販サイトを訪問すると、その後バレエは増えていない。パンプスやブーツ、サンダルなどは、メルマガで新作のお知らせが次々来るが。

「バレエもそろそろ」

折をみては検索するが、出てくるのは前からずっと売れ残っているものばかり。

ちなみにサイトでは、大きなサイズから在庫切れになっていく。一覧表で表示されるので、ひと目でわかる。二四・五という婦人靴ではもっとも大きなサイズの私は、それだけなくて、幾度がっかりしたことか。メーカーもそこに気づいて、大きめサイズを多く作ればと思うのだが。

店舗にひょっこり余っていないかと、出かけていくことにした。

「これがとても履きやすくていいんですけど、似たようなものはないですか」

履いていって示すと、

「あー、バレエは今作っていないんです」

なんと、悲報をここでも！

「代わりに今、新しく出しているのがこれで」

紹介されたものは、爪先が細くて長い。爪先は丸みを帯びていたバレエに対し、三角と言いたい形である。

「ずいぶん尖《とが》っているんですね」

尻込みする私に店員さんは、

「とにかく履いてみて下さい」

と強く勧める。

「見た感じと全然違いますから」

とまで言われて足を入れそのへんを歩き回るが、やっぱり違和感が。首を傾げる私に、

「見た感じから受ける影響ってあると思うんですけど、実際は……」

履きやすさをなおも力説する店員さんから後ずさりし、逃げてきた。

なぜにああも推してくるのか、帰宅後ネットで調べうなずけた。

メーカーの自信作で、旧来のバレエに代わる主軸商品にしようとしているらしい。バレエを買ったとき店員さんが胸を張って説明していた「独自のソール」がさらに「進化」。足をほっそり見せることを追求して、十の木型と百以上のサンプルを作成し、女性がずっとほしかったパンプスのデザイン性とスニーカーの履き心地を実現したという。

努力の姿勢は認める。しかし方向は一つでいいのか？　女性が求めるデザイン性とは、爪先を尖らすことなのか？

丸いところにおさまっていた足指を締め付けずに細く見せようとするならば、従来の丸の先に三角を付け足す感じになり、足はいよいよ大きくなる。私のような大足の女性は、それを望まない。

これまで履いていたバレエより、先が突き出たぶんつまずきやすくもなる。

足の小さい人、靴の先が伸びても構わない人、こういう形を待っていた人もいよう。だからといって、前のものをやめて、全面切り替えしなくても。

靴に悩みを持つ者は、大枚をはたき、人によっては押し入れに靴の山ができるほどの無駄な買い物を繰り返し、ようやっと「これは」という一足にたどり着く。

メーカーは女性たちの夢をかなえたつもりでも、正直、ありがたがれない。悪いけどメーカー側の満足ではと思えてしまう。

靴に限らず、こういうことって結構多い。新しい挑戦をするのはわかる、前に進んでいくのは自然、でも同じものも変わらず作り続けてくれるなら、信を置き長い関係を続けていけると思うけれど、メーカーのありかたとしては難しいのだろうか。

昔はふつうだったこと

平成もうすぐ終わる。三〇年続いた元号だ。「そんなになる？」ととまどう。子どものときから年賀状に書いてあるのも卒業証書に書いてあるのも「昭和」だった私は、平成になかなかなじめずにきたけれど、平成になってからの人生の方が、すでにして長いのだ。

仕事で会う人の中には、昭和をリアルタイムで知らない人も出てきている。先日は「昔って人が切符を切っていたんですって⁉」と驚かれた。駅の改札の話らしい。そう、人が紙の切符に鋏を入れていたのだ。少なくとも私の学生時代はそうだったから、昭和の終わりくらいか。

子ども時代は切符を買うのも、窓口の人に「大人一枚、子ども二枚」とか言っていた。最寄り駅に自動券売機ができたとき、お金を一枚ぶんずつ入れるのかまとめて入れるのかで、母がとまどっていたのを覚えている。

公共交通機関での風景でいえば、私の子どもの頃は車内で授乳するお母さんがよくいた。赤ちゃんがぐずると「ちょっと失礼」と言って、服の前を器用に開けて、片方だけおっぱいを出し含ませる。「えーっ、人前でおっぱいを？」。平成世代に話すと仰天されたが、当時は周囲の乗客もいたってふつうにしていた。

授乳という必要に迫られなくても、半裸の人は結構いた気がする。冷房が普及していなかったせいか、夏なんて、シミーズ一枚のお婆さんとかステテコ姿のお爺さんなんかが、往来によくいた。都市化がそこそこ進んでいた町の話である。幕末に来た外国人は、日本人が半裸に抵抗のないことに驚いているが、昭和の半ばくらいまで、似たような感覚は継承されていたのかも。

冷蔵庫の普及しはじめたのは昭和三十年代からと聞く。それまで不便でなかったかと、当時東京に住んでいた人に訊ねると、「別に。アサリとか豆腐なんか毎朝、門口まで売りに来ていたし。言えばその場で、むき身にしたりサイの目に切ってくれたり」。江戸時代の長屋の話？　と錯覚しそうになった。私の生きてきた間に、生活の仕方は相当変わったといえそうだ。

懐かしんでばかりいるわけではない。自動改札ひとつとっても、他社線へ乗り継ぐのにカードを当てるだけですむのは、とても助かる。批判精神は持ち続けつつ、変化にうまく対応していきたい。

旧式のまま

人前でスマホを操作するとき、なんとなく気がひけるようになった。文字入力が旧式なのだ。「う」にしたければ「あ」を三回タッチし「あ」「い」「う」と順に出していく。携帯電話の時代のままの方法だ。気がつけばそういう人はごくわずか。電車の中でもたいてい、人差し指を上下左右に滑らせている。

周囲が激しくメールを「打って」いた頃は、「このぶんだと親指だけ発達するだろうな。何十年か後には日本人の手が、親指だけ進化した形に変わっていそうだな」と思っていたが、予想は外れ、入力の方法そのものが変わった。

この画面上で「あっち向いてホイ！」をするような方法に、私は慣れそうにない。従来の方法にも、けっして習熟はしていないのだ。「う」で止めたいところを勢い余って「え」になったり、「よ」を通り過ぎ小さい「ゃ」になったり。そのつど頭からやり直し、へたすると二巡することも。「え」から「う」へと、ひとつ前に戻る方法もあるのかもしれないが、非効率的とは思いながら、知っている方法のみですませている。

先日知人と三人での会食があり、夕方の街を、予約した店を探しつつ歩いていた。名を呼ばれて振り返ると、三人のうちのひとりだ。暗くなり、通行人の顔の見分けがつきにくくなる時間帯。「よくわかったね」と言うと「いまどきめずらしく、地図を持って歩いている人がいるな、と思って」。パソコンでプリントアウトしてきた店の地図を、手にしていた。

そうか、これももう少数派。道ゆく人の多くは、スマホを見ている。

スマホで地図を出せることは、むろん知っている。出してみたこともある。が、老眼の私には小さすぎ、拡大しようとすると、どうも言うことを聞かない。私の立っている方角とは無関係に向きを変えてしまったり、慌ててスマホの縦横を逆にすると、さらに回転してしまったり。そうこうするうち、誤ってタッチしてしまったらしき別の場所が目的地として表示され、再設定しようとすると、日本列島全体の地図に切り替わる。目と鼻の先まで来ているはずなのに、国、都道府県、市と狭めていかねばならないなんて！

地図に記載の文字情報も、私に言わせれば見当外れ。建物のどこに書いてあるかもわからないビル名などにやたら詳しく、交差点でいちばんに目につく銀行、コンビニ、ファストフード店がないことが多い。歩く人の実情に合っていないのだ。

ということを、会食の席で力説していたら、三人のうちのもうひとりが遠慮がちに口を差し挟む。「あの、ルート案内ってあるの、知っている？」。スマホの位置情報がオンになっていれば、歩くのに合わせて目的地へのルートを線で示してくれるので、どの角を曲がるかを自分で判断しなくてもすむという。そ、その位置情報って、私のスマホではそもそもオンになっているの？

当面は、わかる範囲の仕方で乗り切るつもり。

進取の気性に欠けている？

初対面の女性に名刺を渡して、残り少ないことに気がついた。後の人の分があるかどうか。察した相手が「私はこれでだいじょうぶ」。スマホで撮影して、すぐに返してくれる。

その人の言うに、ふだんはいきなりスマホを取り出すのも失礼なので、いったんは受け取る。が、帰宅後すぐにデータ化し、紙でとっておくことはない。画像をデータに変換できるアプリを入れているそうだ。同様の人は結構いて、お互いそうだとわかると、いわゆる名刺「交換」はせず、その場で撮影し合う。

名刺の管理も昔とは変わってきているのだ。

私はほんと旧式だ。これはこれで失礼な扱いと感じる人もいそうで、私に名刺をくれた人には申し訳ないが、まとめて缶に放り込んである。新聞社の人、出版社の人、などのグループごとに輪ゴムで束ね、サイズ的にちょうどよかったお菓子の缶に入れているのだ。

フリーで働きはじめた頃、名刺ファイルを張り切って文房具店で買ってきたが、シートポケットに挿していくのが面倒で、この方式となった。

調べたくなったら輪ゴムを外し、上から順に一枚一枚めくっているのだから（得てして、探しているのは下の方にある）、旧式もいいところだ。

メディアで仕事をしているのに言いづらいが、私は情報機器に関しては、進取の気性に欠けている。ラインもフェイスブックもしていない。同世代でも子育てをした人は「ラインをしないなんてあり得ない」と言っていた。クラスの連絡網は今やラインだと。

子育てをしなかった私は、メールと携帯電話のショートメールでのやりとりで事足りている。必要を感じないところに、新しい操作を覚える努力はしにくい。

人にそう話したら「本人としては必要を感じなくても、周りはやってくれればいいのに、と思うことあるんじゃないの」と指摘された。そう言えば、会食の際、皆で写真を撮った後「送りますよ、ラインやってます？」と聞かれ、いいえと答えたときの、あの、微妙な間は……。後日メールで送られてきたが、余計な手間をかけているのかも。

私たちの子どもの頃は、電話なんて一家に一台。大人になっても携帯電話の時代が長かった。正直「アプリって何、危なくない？」という人もいよう（含む私）。「今さら聞けないスマホの基礎知識」といった特集を、同世代向けの雑誌でよく組んでいるのが、しみじみとわかるのだった。

海外でスマホ

通信関係には、恥ずかしながらとってもうとい。自宅の回線すら何がどうなっているのかわからないほどだ。ましてや旅先、しかも海外となったら……。

久しぶりに海外へ行くことになった。本を書く仕事のため、クロアチアへ九日間の旅である。パスポートを探し出したら一〇年の有効期間が切れそうになっていたくらいだから、本当にしばらくぶり。スマホを利用するようになってからは、はじめてだ。

九日間も家をあけるとなると、その間に来る連絡をずっと放っておくわけにはいかない。折しも上階からの漏水があり、濡れた壁紙を貼り替えに来る業者とは、留守宅の鍵を預けることで話がついたが「連絡はとれるようにしておいて下さい」と言われている。

日本からは三人で行く。相談の結果、次のようにした。ホテルには、インターネットに接続できる無料の電波があるから、できるだけそれを利用する。日中は電波を発する持ち運び式の機械（ルーター）を、三人で一台レンタルし、時間を決めて使う。それ以外はルーターはむろん、スマホも電源を切っておく。スマホは何も操作しなくても、ひとりでに情報をやりとりするので、知らない間に高額の料金がかかっていることが、海外ではままあるそうだ。教えてもらってよかった！

電源を入れるのが、道中のちょっとしたイベントとなった。移動中や昼食休憩などのとき、ルーターを管理する係が「いきまーす」と宣言し、それぞれにスマホを取り出す。起動するや、さまざまなメールが飛び込んでくる。室内工事の業者からは「トイレのクロス貼りが完了しました。ご確認下さい」とトイレの画像付きメール。宅配便業者からの不在時お届け通知。通販サイトからのセール案内。ショートメールには「今朝の放送、見ましたか？　よかったですね。いよいよ息も合ってきましたね～」。月にいちど、テレビの番組でごいっしょしている人だ。工事の人を除いてみな、私がクロアチアにいるのを知らないから、日常の延長のような感じである。

「お世話になっています。録画を楽しみに見ます。今クロアチアでトリュフを食べています」と返信したら「わーっ、いいですね！」と短く書いてきて、それきり途絶えた。返信のまめな人だが、国際ショートメールだと双方に高くつくかもしれず、おしゃべりをしている場合ではないと思ったのかも。

そう、クロアチアでは犬といっしょに森へ分け入り、トリュフ狩りを体験した。その後、童話にでも出てきそうな山小屋ふうの食堂で、採れたてのトリュフをかけたパスタをいただきながら、そんなメールを受けたのだ。

通信網の発達で世界のどこにいても連絡がとれ、旅の醍醐味が薄れてしまったという声も聞く。そう思う人もいるかもしれない。でも私は、日常と非日常の不思議な混交が新鮮で、楽しかった。海外でのスマホの使い方も少しはわかったし、またぜひ旅に出たい。

「更新」しないと

やり直し数学、やり直し英語といった本の広告をよく目にする。こういう本にひかれる気持ちが、すごくわかる。生きていく上で必要なわけでなくても「知らなくてマズくないか？」と不安になるのだ。英語をまったく使わない暮らしの私は、中学英語の不規則動詞すら忘れており、突然、一覧表を入手して、しばらく持ち歩いていたこともある。

大学に入り直した人の噂も聞くようになった。仕事で交流のあった人や元同級生の誰それが通っているらしいよと。そのたびに心が動く。

中学英語すらおぼつかない私は一般入試はとても無理だが、なんとかもぐり込む方法はあるのでは。少子化の今は、私たちが受験生だった頃はあまり聞かなかったＡＯ入試をはじめ、選考も弾力的になっているはず。

しかし、と思い直す。楽して学生になることばかり考えているが、なったらなったでたいへんだ。規定のコマ数の出席から研究、論文の執筆など、かなりの時間とエネルギーを要する。仕事もまだしている今は、両立は非現実的だ。

私は勉強をしたいというより、学生というステータスに憧れているだけなのかも。それってかなり不純な動機。もぐり込む方法を探すのは止めにする。再び学生になるのは、勉強に打ち込める状況になる「いつか」の夢としておこう。

先日、知人の息子と話す機会があった。幼稚園に上がる前から知っている子で、今は就職しているが、学生時代の専攻がたまたま私と同じ社会学らしい。どんな授業を受けたのか探りを入れると「今ってフーコー以降なんだよね」という答が返ってきた。二重の意味でショックを受けた。回らぬ舌でアニメソングを歌っていたその子の口から、フーコーという言葉を聞こうとは。しかもフーコーなんて、私の学生時代は最先端。それがもっとも古いとは。

たしかに、私が学生だったのは八〇年代前半。私の教科書的な知識は、三〇年以上更新されていないことになる。二十一世紀も五分の一近く過ぎたのに、その間社会は動いているのに、頭の中のモノサシは、二十世紀の五分の四あたりで止まっている！非常にマズイ……で、フーコーって何した人だっけ？

というわけで、やり直し社会学とか現代思想の基礎知識的な本を、慌てて読んでいる。「いつか」学生になってからでは、更新されない期間がますます長びくだけなので。

もったいないけど処分する

クローゼットに下がっているコートを眺め、改めて思う。この冬も結局ダウンで通したな、と。ウールのコートは一枚もない。十数年前は違った。すべてウールで、定番の黒の他、三、四色持っていた。

はじめてのダウンコートは百貨店で買った黒。そのときの女性スタッフの助言を覚えている。「ダウンの黒はへたすると、昔のごみ袋みたいになってしまうから」。

そう、私と同世代の人は記憶にあろう。半透明の炭カル入りの袋が一般的になる前に、ごみ袋といえば黒いビニールの時代があったのだ。そしてダウンも今のような優雅なデザインのものは少なく、着ぶくれするものだった。レインウェアのような生地の黒で、めいっぱい中身が詰まっていたら、たしかにごみ袋にも似よう。

スタッフの助言は、だから生地に高級感のあるこの店のにせよ、というもので、ダウン初心者の私はそれに従った。

人間は易きに流れる。ダウンは軽くて、着ていて肩が凝らないし、持ち運びも楽。電車の中や駅構内は暖房が効いているので、脱いで移動する場面も多いのだ。だからといってコートなしで出かけることはあり得ない。駅から家までの間が寒いから。腕に掛けるのが煩《わずら》わしいときは、まるめてエコバッグに入れられる。しわになりにくいダウンならではだ。

それでも私は旧式の人間だから、ダウンはカジュアル、きちんとした印象ならばウールという格付けが、自分の中にあった。が、世のダウンコートのデザインがどんどん洗練されてエレガント度を上げ、ウールコートの占める座に迫ってくる。

古くなったウールコートを順次処分し、冠婚葬祭用にとっておいた最後の一枚である黒のウールコートを、法事のとき着ないでダウンで行った日「私にとってのこの役割は終わったな」と悟った。

私の冬の二大「戻れないアイテム」はウールのコートにストッキングだ。ニュース映像で飛行機のタラップをセレブの夫人が、ウールコートと肌の色が透ける薄さのストッキングで下りてくると、心から尊敬する。セレブは易きに流れない。同時に思う。セレブは駅から家まで歩かないし、駅構内の階段を上り下りもしないのだ。

大人のドレスコードとして必要と感じたらウールを買うが、当面はダウンですませるつもり。

クローゼットの中の変遷

　若いうちはいろいろな服を着てみたいけれど、おしゃれの経験を積むにつれ、何が似合うかわかってくる。買い物はあまりしなくなり、少ない服と長く付き合うように。それが大人のシンプルライフ。以前の私はそう思っていた。ところが、五十代の今、年齢的には充分大人でありながら、服との関係は全然、予想どおりになっていない。いまだに趣味は定まらず、持っている服の数も、「クローゼットがいい感じに空いてきた。このまま減っていくのでは」と期待すれば、また増える。

　クローゼットの中身はいわば、伸び縮みを繰り返している。

四十代半ば過ぎが、服の数はいちばん少なかったように思う。心境の変化ではなく、仕事の変化のためが大きい。

　ときどき出演していた散歩番組が終了した。

　番組のあった頃、スタッフから言われていたのは、

「黒い服は勘弁してほしい」

画面の印象が暗くなる。何といっても散歩の番組だから風景の中で「ここにいます！」とひと目でわかる色がいい。

その効果があるのは、他でもない、赤だと。キレイな色はいろいろあるが、注意喚起の色といえば間違いなく赤だそうだ。

なるほどとうなずく私。ポストが赤なのも、「止まれ！」の信号が赤なのも、そうした理由だったのか。「踏切は黄色と黒ではないか」という声が出そうだが、とりあえず置いといて。

大人の女性としては、赤よりも黒の方がおしゃれな気がする。引き締まって、落ち着いて見える。が、あるときキャリア女性向けのファッション誌をめくっていて、

「黒は勘弁、というのはこれだな」

と納得した。旅のカラー特集で、ロケ先は沖縄、癒やし系の古民家の宿。そのページに登場した、自らも仕事を持つ女性は、黒のスーツに身を固め、その人に似合っているけれど、庭先にブーゲンビリアが咲き乱れ、陽ざし溢れる古民家の縁側に、そのかっこうで座っているのはやっぱり変。ページの趣旨と合わなすぎる。

キャリア女性向けという読者層を意識しすぎたか。あるいは、それが仕事のときの服で、ロケ用の着替えはトランクに入れていたけど、飛行機の積み忘れか何かの事情

で届かなかったのか。

「やっぱり赤か」

クローゼットは「赤の時代」を迎えた。散歩番組の出演に備えて、ふだんから赤でめぼしい服があれば、買っておく。撮影の日が決まってそれから買いにいくのでは、うまいこと赤があるとは限らない。特に東京は地味好みなので、店にも赤っぽいものは少ない。大阪の百貨店や地下商店街を歩くと、違いがよくわかる。

この「買っておく」という買い方に無駄が多いのは、読者のかたがたも身にしみて感じていることだろう。冬物セールで来シーズンのために買っておいたが、次の冬には、服の趣味ないし体型が変わっていたとか。同じく冬物セールで、この先の春のまだ寒いときのため、ウールでも色は春物として通用しそうなものを買っておいたら、結局出番がなかったとか。

私の赤も、もともとの心配性もあって、「あるときに買っておかないと、急に出演の話が来たとき困る」という思いがついついはたらき、過剰になっていたようだ。番組が打ち切られるとかお声がかからなくなるとかは考えずにいたから、ほんとうの意味での心配性にはあたらぬか？

その散歩番組が突然終わり、しばらくして気づいた。赤の服をこの頃着ていない。

何はともあれ赤、赤があればとにかく買う、という頭でいたけれど、

「あれは仕事のためだった。別に赤が好きなわけではなかったのだ」

買いためた赤の服を処分。それが四十代後半だ。

あの頃が私史上、クローゼットがいちばん空いた時代である。散歩番組は結構長く続いていたのだ。

虚脱感と同時に、解放された感もある。

「もう私は、義務感で服を買わなくていい。これからは年相応のシックな女性として生きよう」

反動のように黒、グレー。バッグもグレーやシルバーに。クローゼット内は様変わりした。

四十代後半で突入した黒の時代。が、それも長くは続かなかった。またしばらくすると、何か色物がほしくなる。基本はシックで行くとして、差し色くらいあっていいかも。

折しも春。地味好みの東京の店にも、はなやかな色が交じる季節だ。

通りかかった店に春夏物のカーディガンで、使いよさそうな形のがあった。色は青系と赤系の二種類だ。

「シックに生きると決めた私は、差し色にするとしても青だわ」

と思った。鏡の前で青を試着。参考までにと、赤にも袖を通してみると、脇にいた女性スタッフが、

「赤の方が気分が上がるのが、お顔でわかりました」

えっ、ほんと？

赤が好きなわけではなかった……つもりでいたが、表情は別のことを言っている。

そちらが本音？

今は再び赤の時代が到来している。

年相応の装身具

大人の女性はこういうものを身に着けるのだろうと想像していたのと、もっとも違うもののひとつがアクセサリーだ。特に首飾り。首飾りって……昭和な呼び名だが、ネックレスやペンダントを総称するのに便利なので、そう言おう。

若いときは、今思うと正統派かつ地味だった。成人したら、不祝儀用にパールのネックレスをまず買った。おしゃれ用には、金や銀の細いチェーン。ペンダントトップはあるとしても、人造ダイヤのひと粒使い。

やがて天然石に凝った。ダイヤをはじめ貴石は値が張るので、トルコ石やラピスラズリなどの半貴石を。同じトルコ石でもジュエリー店に行くような品質のでなくて、肌理《きめ》が粗くひび割れのような筋の入っている、その代わり大ぶりなものを着けていた。

「将来はこういった、色モノはしなくなって、透明のダイヤに収斂《しゅうれん》していくんだろうな」

と思いながら。やきものを趣味とする人が、コレクションが変遷をたどった末に、最後はシンプルな白磁に行き着くといわれるように。

経済力も少しはつくだろうから、人造ダイヤがいつかダイヤに、金メッキのチェーンは純金に、シルバーはプラチナに。チェーンの太さも、着替えのときうっかり引っかけたら切れてしまうような、ちゃちなものではなくなって。
数は持たなくなる代わり、どこへ出ても恥ずかしくない一品を身に着ける。それが大人の首飾りと思っていた。

ＣＭにも、そんなイメージのものがあったのだ。熟年夫婦の妻の方が、結婚記念日のお祝いに、夫に黙ってプラチナダイヤのペンダントを買い自分に贈る。記念日の音楽会で、隣に座った夫が驚く。「買っちゃった」と妻。困惑の表情の夫。「買っちゃったんだもん」と妻。夫、微笑んで妻の手を握る、といった見る人が見たら噴飯物のＣＭが。

私は飯を噴きこそしなかったが、

「たしかにプラチナダイヤなら、その先熟年離婚しても、売れば生活費の足しにはなるな」

とシニカルな視線で見ていた。老後のためのリスクヘッジというか。政治的に不安定な国の人は、財産を持って逃げられるよう、貴金属を身に着けると聞くし。

もう少し年をとったら、プラチナかダイヤを大人買いしよう。十数年前の私の考えていたことだ。

実際に大人世代となった今の私の首飾りは、その対極にある。換金価値はほぼゼロ。社交の場に着けていったら、たぶんかなり恥ずかしい。シンプルの逆で、色はとりどり、モチーフが楽しく、ひとことで言えば遊びで着けるようなものだ。

素材は、木、革、貝殻、植物の実なんてものもある。象牙椰子《ぞうげやし》といって実を乾燥させ、花や鳥、動物などの形にくり抜いたり、サイコロ型や楕円に切ったりし、自然染料で色づけし、革や麻の紐でつなぐ。ジュエリーとはほど遠い、工作物の世界である。

遺品として相続した誰かが、ジュエリーボックスを開け、これらがわんさか絡まっているのを見たら、

「こんなガラクタばっかり残されても……」

と嘆くと思う。地球には優しくても、子孫（私は子はいないので親戚か）には優しくなさそう。

いちばんのお気に入りはこの象牙椰子。金や銀のチェーンは、ほんとうにしなくなった。

首が痒い。夏に汗をかくと特に。

そして冬は、冷たい。着けたては特に。年とともに快不快に正直になるというか、不快への耐性がどんどん落ちている気がする。必要なことならがまんするが首飾りは、そうまでして着けなくていい。

革や麻の紐は、肌にふれても不快でなく、何より軽い。パーツである革や木や貝殻なども同様だ。

この軽い、というのも、年をとると非常にだいじな要素である。重いことにも耐性が、どんどん低下してきている。どんなにすてきな首飾りでも、肩が凝るようだとしなくなる。

社交上の必要から着けていっても、会場を出るやすぐに外して、バッグに入れてしまう。

かつてしていた大ぶりの天然石のペンダントも、重さのため、着けなくなった。石そのものは好きなので、いくつかまだとってあり、処分を考え、家の鏡の前で着けると、

「やっぱりかわいい。捨てられない」

と首を振るが、実際に着けて出かけることはなく、遠からず手放すことになりそう

だ。バッグは持った瞬間はよくても、長時間さげて歩くと、重さがじわじわこたえてくる。それと同じだ。

象牙椰子の首飾りのいいところは、何といっても気分が上がる。花や鳥といったモチーフ、きれいな発色。

同世代の女性の多くが口を揃えて言うのだが、大人になると、少女趣味がかえって炸裂《さくれつ》する。私もまさにそうで、若いときは動物をかたどったものを身に着けるなど、考えられなかった。男性に伍《ご》して働く上で「女の子っぽい」と見られたくないし、そう見られることはハンディというか、自分で自分の足を引っ張るようなものと思っていた。

今はもうそうした意地もなく、かわいいものが好きな気持ちに素直になれる。禁欲的で来たけれど、アクセサリーくらいなら羽目を外してもいいのでは。

そう思い、白やグレーなどの色が抑えめで形もシンプルなワンピースに、遊び心全開の首飾りをしているが、世間の目は果たして許しているのかどうか。

流行に抗って

たった一枚のカーディガンを買うのが、こんなにも難しいとは。自分では「よくあるもの」のつもりが、世の中の流行とこうもかけ離れていたとは。

この冬は赤のカーディガンを着たいと思った。グレーや黒のパンツ、白のシャツブラウスの差し色として。

丈は腰の上くらい。カーディガンとしては、ごくふつうの丈のもの。前は開けて着るので、ボタンのないボレロふうのカーディガンがいい。

買うのは簡単と考えていた。ワンピースをよく買うブランドの店に、そういったショート丈のカーディガンが毎年出ている。特に赤はクリスマスカラーだから、冬の定番の色といえる。

行けば買える、くらいの気で出かけていった。

ところが、ない。赤はあるが丈がどれも、長く引きずっている感じ。

「そうなんです、今シーズンは全体に長いんですよ」

と顔見知りのスタッフ。

その傾向を感じてはいた。外出先で通りかかるショーウィンドウでも、ものによっては膝下まである。通販のカタログでは「コーディガン」という名を付けていた。コートを兼ねるカーディガンの意の造語だろうか。

でもあれは、いかにも不便そう。ほんとうに寒くなったらコートとしての用はなすまい。なぜってニットは風を通す。かといってコートの下に着るにははみ出る長さ。

暖房の効いているところでは脱ぐこともあろうが、そのときもかさばりそう。

クローゼットにしまうときは、どうするか。あれだけ長いと、たたむと相当しわになる。ハンガーにかけておくと重みで伸びて型くずれしそうだ。

ついでにいうならば、トイレのとき床に引きずらないのだろうか。

流行りなのは、わかる。が、私の求めるものではない。私にとって使いやすいのは、気軽に脱いだりはおったりして温度調節に役立ち、着ないときはたたんで鞄《かばん》に入れるか肩に巻くなどして持ち運びしやすいもの。というかカーディガンて、そもそもそういうものなのでは？

「短いのは、これから来ますか」

スタッフに入荷予定の品の表を見てもらったが、イラスト入りの束をめくって、

「ないようです」

うなだれる。

このブランドはワンピースに関しては毎年あまり形が変わらず、私がこの店で買う理由のひとつなのだが、ここでも世の一般の傾向から逃れられないとは。流行に対し超然としているのは難しいことなのか。

教訓。自分さえその気になればいつでも買えると思っていては大間違い。いつまでもあると思うな、着やすい形。

でもそれは「あるときに多めに買っておけ」と同義語になり、持ちすぎずにちょうどいい量を回していきたい方針に反するのだ。

ネットで服探し

短めの赤のカーディガンを買おうとして流行と合わないことを、いつも行く店で知ってしまった私。こうなったらブランドは問うまい。求めるのは形と色だ。その条件を指定すれば、ネットで探せる。

が、実際にヤフーショッピングで検索してみて感じた。ブランドが決まっていない買い物には、ネットは向かない。「カーディガン、ショート、赤」のキーワードだけでは、何千件と出てしまう。

件数の多さには、韓国の業者の参入もあるようだ。同じモデルの画像が、クローンかと思うくらいいっぱい出る。一〇〇件表示にして、上から下まで全部同じこともある。

韓国と判断するのは、モデルの女性の特徴からだ。

日本のモデルは、どこか崩す。すっぴんふうのメイクであったり、わざと変顔っぽい表情をしたり、髪をくしゃっと乱すとか、ポケットに手を突っ込み、がに股ふうの男の子っぽいポーズをとるとかの抜けを作る。それに対しあくまで女性美を最大限に発揮するのが、私が韓国と思うモデルで、メイクは白塗り、ヘアスタイルも光沢を放つばかりのロング、何より足がものすごく細く長い。というか超ミニスカートやホットパンツなど、足の多く出る服を厭《いと》わない。

韓国によく出張する人が言っていた。

「日本の女性は、近くでふつうにしゃべっていて、あれ、よく見るとかわいいじゃないって気づく感じの美人が多いけど、韓国の美人は、一〇〇メートル先からでも、これから美人が通りますってわかるようなきれいさ」

多少の誇張はあろうが、うなずける。

美人に感心している場合ではない。今の場合、この韓国美人の出現率の高さが、私の服探しをたいへんにしているのだ。

ヤフーショッピングは条件指定のこまかい割には、絞り込みがいまひとつに感じる。商品名のせいもあるだろう。売る側も必死だから、検索ワードになりそうな語句を何でもかんでも放り込んでくる。「カーディガン、ニット、セーター、ロング、ショート、半端丈、通勤、カジュアル、おしゃれ、セレブ」とか、どういう品を想像すればいいの？

絞り込み機能がよくないと、ネットでの買い物は不毛である。

ファッションに特化した販売サイトＺＯＺＯＴＯＷＮは、社長の言動といった商売以外のことでお騒がせだが、専門だけにさすが条件指定はよくできている。丈はロング、ショートといった主観でなく、センチ単位といった客観的基準で選べる。色はむろん柄のありなし、ウールやコットンといった素材まで。襟ぐりの指定は、さらなる検討の余地がありそうだが。

それでも試した中ではもっとも絞り込み機能がよいと思えた、ＺＯＺＯＴＯＷＮで検索した結論は、

「買わない」

赤のショートは、今年は無理。これだけ探して行き当たらないのは、ほんとうにないと考えるべき。ないものを探して時間を使うほど、不毛なことはない。

つくづく思った。流行は作られている。たくさんの中から買う側に選ばれ流行になるのではない。流行以外のものを選べなくなる。

流行に従うならば、買い物は楽だ。今シーズンの私でいえば、赤のロングのカーディガンを買うなら。が、それでは赤を着たい欲求は満たされるが、使い勝手をがまんする。がまんを強いる買わせ方って何？　と言いたい気持ちがあるから、さきの結論に。

それに、今シーズンこれだけ流行ると、次のシーズンは別のものへ移っていくことがありありだ。じき消えるとわかりきっている形に、着用習慣を合わせる気もしない。ユーズドショップで短め丈のを探すか、もう一、二シーズン待つか。実をとる買い方であり、流行へのささやかな抵抗でもある。

セールを卒業？

よく行く美容院で、シャンプーを担当する女性と服のセールの話になった。

「あれって段階的に下げていくんですよね」

と女性。もう一日待ったらさらに下がるかもしれない。その見極めが難しいと。

「先延ばししているうちに、自分のサイズだけなくなっていたりして」

激しく同意。そう、買おうかなと思った服に限って、自分のサイズだけ在庫切れというのは往々にしてあることだ。

その心配はセール前からはじまる。私は服のほとんどを、決まったひとつの店で購入している。シーズン中は折にふれて寄って、ひかれるものは試着を申し出る。そのとき、

「ちょうどのサイズのは売れてしまって、店にないので、別のサイズで色の顔映りだけご覧になりますか」

と言われると動揺する。

試着するとイメージどおりで、その場で他店舗の在庫を調べてもらい、私のサイズ

の残っている店舗が全国で二軒などと聞くと、いよいよ気が急《せ》く。安くなったら考える、ではなく今、決断せねば。

結果、セールを待たず定価で購入するのだが、それで後悔したことはまずない。

服は出会って心つかまれたときが、いちばん着たいときだ。シーズンとしても定価のときの方が、これからの服なので出番も多いし……と言いつつ、新品未使用のままタグ付きでユーズドショップに持っていくこともあるけれど、それは失敗だった服ではなく、むしろ逆で、別の意味の成功の証しというか。買ったときの満足度があまりに高く、もうそれで完成した気になってしまうのだ。または、季節の進み具合が思いの外、早く、着る機会を逸したケースである。

同じ店で買っていると、セールの利用法のようなものがわかってくる。

冬でいえば、十二月末の時点で売り場にあるものは、私の行く店ではセールにならない。デパートのセールは正月二日から。「おととい定価で買ったのに、こんなに安くなるなんて……」となっては、よく買うお客さんほど裏切ることになる。常連さんの気を損じないためにも、そこは守っているのでは。

ネット販売だとそうした仁義はないようだ。

十二月にネットで調べものをしていると、画面によくセールの予告が出る。「一月一日午前〇時からセール開始！」

あれはほんとうに、一秒前まで表示されていた定価が、午前〇時をもって変わるのだろうか。操作の遅い私は「いっせいのせ！」では負けとわかりきっているため参戦しないが、切り替わる瞬間は見てみたい気がする。

しかし除夜の鐘もそっちのけで画面にはりついているというのも……。除夜の鐘って煩悩を払うものではなかったっけ？

デパートの方のセールは、一月四日に覗くことが多い。いつもの店のスタッフに後で聞いたら、二日の特に午前中はたいへん混雑し、

「通路が満員電車みたいで、酸欠になるんじゃないかとこわかったです。渡ってすぐ先のトイレにも行けませんでした」

と言っていた。

初日にそれだけ人が来るのに、四日なんかにのこのこ出かけて、残っているのか。あるのだ。そこが決まった店で買う利点なのだ。「早い者勝ち」の競争に身を投じなくてすむこと。

セール品は十二月三十日くらいには、スタッフがストックと呼ぶところに準備する。その頃には、何がセールになるかわかる。

私は三十日とか三十一日の人のいないときに出かけていく。すると、

「今シーズンので何か気になっているのは、ありますか」

と話しかけてくれて、静かな店内で秋のはじめに出たカタログをいっしょにめくりながら、

「あー、こんなのあった、あった」

「すでに懐かしいですね」

「これも試着したけど、袖が短めでこれからの時期は寒いかも、なんて言って止めたんだった。春先だったら構わないかな」

などと優雅な品定めができる。

服はひとつの店でと決めるもうひとつの利点を言うと、セールであまり無駄な買い物をしなくてすむことだ。

以前の私はセールになると、ひとつのデパートの婦人服の店をくまなく巡るという行動をとっていた。今はデパートからデパートへ、そのブランドの店だけを訪ねて渡り歩く。

まず吉祥寺、そこで何か買い足りない品があり、かつ元気があったら、新宿か渋谷へ足を延ばす。後は用事のあったついでに、銀座の店に回るくらい。

その範囲に収まって、デパートの中の安くなっているものが無制限に目に入ってくることはない。

定価で買うことが多いと書いたが、いざセールの蓋が開いてみると、同じ品が安くなっていることはある。それも、購入だけしてまだ着ていない服が。

それでも「残念」とか「悔しい」とかいう気持ちは、意外とわかないものだ。セールのラックにぎゅうぎゅう詰めにされているのを見ると、自分にとってのほしいピークは、やはりあの買ったときだったと確かめられる。

シーズン中に気になりながら財布の事情で見送ったものと、セールで再び会うこともある。前は「ラッキー」と即買いだった。

が、しだいにそういうケースでは買わないようになった。最初の出会いのときほどのインパクトがない。

買わなかったが店には一定期間あったので目が慣れてしまい、すでに着たような錯覚にとらわれる。自分の中で、終わった服になっているのだ。

この正月はいつもの店で、セール品の購入はついにゼロ。定価販売の新着の方を買って帰ったときは、

「私もセールに惑わされない人間になったのだ」

と成長を感じた。たくさんの無駄買いを経て、この年でやっとセールを卒業できたかも。

検索履歴が惑わせる

この年でやっとセールにも超然としていられるようになった、と書いた。世の中で何がどう安くなっていようが関係ない。服はひとつの店で買うという方針が、私にそれを可能にしたみたいに。

ああ、でもそれは過信であったことを白状せねば。理想はそうありたいが、卒業したはずのセールに、逆戻りして巻き込まれてしまうことが起きた。

いつもの店とは違うブランドの服でだ。ネットでいちど検索したのが悪かった。

いつもの店の服は基本的にカジュアルで、ワンピースもパンツと合わせるものだ。会合などでもう少し改まったワンピースの必要なときは、別の店で探す。といっても心当たりがないので、婦人服の大きな企業のオンラインショップで探す。

探した結果、ひかれたけれど買わずにすますことも少なくない。改まった服だから価格は高め。あるもので間に合わせようと。

そうした服が、必要なときをとっくに過ぎてから、パソコンの画面に現れる。買い物と関係ない真面目な調べ物をしているとき。

私は忘れていたのに向こうは覚えていて、セール期間に入ったのを機に攻勢をかけてくる。三〇パーセント引きという赤い数字を、商品画像にくっつけて。
「あの服もセールになったのか」
程度の感慨で、無視して調べ物を続けるが、先方は執拗だ。画面の脇に何度も出ては、赤い数字を点滅させてアピールする。

商品そのものは悪くない。いつも行く店の服は、買わなくても行くたびに吊してあるので目が慣れて、セールの頃には「終わった」服になっていると、さきに書いた。ネット検索しただけの服は、現物を見ていないから、そうした意味での飽きは来ない。いまだ心ひかれるものであるのだ。

その服とは、黒の化繊のワンピース。フューシャピンクの糸で刺繡されている。落ち着きと適度な華やぎとを併せ持ち、黒のボレロと合わせれば、大人の装いとしてかなり汎用性がありそうだ。冬物ながらノースリーブ。季節を選ばない生地と形で、これからも充分着られる。

凝った刺繡だけに高くて、定価のときはやめたが、三〇パーセント引きなら買っておいていいかも。

オンラインショップへ行くと、なんと私のサイズだけ品切れ。

そのときの動揺は、われながら思いがけなかった。しまった、あれだけさかんに三〇パーセント引きをアピールしていたのだから、ちょっかいを出されてすぐ来ればよかったかと。

ないとわかるとほしくなるのは、人間の性《さが》だろうか。同じ服を扱っているであろう、別のサイトへ移動する。

そちらでも私のサイズは在庫なし。他のサイズはあるのに。

こういうとき同じ行動をとる人は多いのでは。商品情報のサイズ詳細を読み込んで、在庫ありの方のサイズでもイケるんではと考える。今ある中で着心地の割といい一枚をクローゼットから出してきて、バスト、ウエストなどを計測し、サイトにある数字と比べてみる。

調べ物中だった私だが、そちらはもう完全にストップしてしまっている。計測の結果、残念だが探しているサイズのでないと、やはり合わないとわかった。

しかしどこでも、そのサイズだけがないとは。

次に人が考えることも同じだろう。店舗では残っているのでは。

他のサイズは「在庫わずか」ならぬ「在庫あり」で、全体としてそう品薄には感じない。ネットではたまたまそのサイズが売れただけで。

かつて私は似たようなケースで、他県のデパートまではるばる出向いたことがある。実はその後、足底筋膜炎になった。長歩きのしすぎだと、医師に言われた。

そこまでの深追いは、今回はしない。ついでに行けるところに店舗があれば、にとどめるつもり。

すると、翌日仕事で行く駅のデパートに、店舗があるとわかってしまった。そのときから、これは縁かもと感じはじめた。他には行かない、その店だけと決めて寄る。

フロアマップで方角を確かめ通路を進むと、向こうから目に入った。商品画像は見ていたが、現物ははじめて。小さな画像と違い、現物の大きさは圧倒的だ。それだけでも高揚する。

どきどきしながらサイズを見れば、まさしく私のサイズ。これはもう、私を待っていたようなもの。

予測は当たった。あるところにはあった。妥協してオンラインショップで別のサイズのを買ってしまわず賢明だった……賢明？

画面にしつこく出てくる広告に、結局はあおられた感も。

翌日の昼間、仕事で調べ物をしていると、画面にまたもそのワンピースが出る。

私は口のはしで苦笑する。検索履歴ってずる賢いようで、やっぱりおバカ。ひとつ覚えで同じことを繰り返すが、私、もう買いましたので。気を引こうとしても無駄ですので。

余裕でやり過ごそうとして、点滅する数字に目が留まった。

五〇パーセント？

昨日の夕方までは三〇パーセント引きだったのが、一夜明けたら五〇パーセント⁉元が安くはない品、二〇パーセントの差は大きい。昨日でなく今日行っていれば……。いや、と打ち消す。昨日はついでがあったから。昨日でないと行かなかった。セールの出会いは運命だ。「たら」「れば」はないと心得ねば。それでもつい覗いてしまったのは「五〇パーセントだと、正確なところいくらになるんだろう」という怖いもの見たさ的な心理がはたらいたからだ。すると、オンラインショップではなくなっていたはずの私のサイズが復活している。「在庫なし」だったのが「在庫あり」に変わっている！

私の頭は混乱する。セールは返品不可と、オンラインショップでは厳しく断っている。だから戻ってくるはずはないのに、なにゆえ復活？

考えられるのは、店舗では私のサイズが余っていて、オンラインショップの方に回された。そうであるなら、家にいながら五〇パーセントで買えた。いや、これも縁と割り切らねば……。

「私は基本、服は七〇パーセント引きでないと買いません」。セールの収束した後、美容室へ行くといつもの女性スタッフは言った。

七〇パーセント引き⁉ デパートでは見たことがない。セール末期でも五〇パーセントだ。

　私が言うと、ネットではあるとその女性。

「いやー、私も今回オンラインショップを見たけど、そこでも七〇パーセント引きはなかったよ」

五〇パーセントを最後にセールのページは消滅し、定価の商品ばかりとなったのだ。

　すると女性は、

「セールと別に、アウトレットってページはないですか。セールで売れ残った商品はそっちへ行くんです」

そこだと最大九〇パーセント引きになるとのこと。えーっ、そういう世界なの？

私のワンピースもそこにあるかもしれないが、これ以上は知らなくていいことにする。

暮らしに合う住まい

今の住まいは五十代でリフォームしたものだ。

リフォーム前も自分の家は好きだった。浴室のタイルがレトロでいい感じ。陽ざしあふれる大きな窓が、開放感に満ちている。

ただ年を重ねると寒さが気になり、浴室をシステムバスに、窓を二重サッシに、さらに床暖房もと、全面的にリフォーム。

暖かくなったのはもちろん、期待以上のことがいろいろあった。今の水回りって掃除がなんて楽なのか、二重サッシだと夏もしのぎやすい、など。一方、もともと好きなタイルはキッチンに貼り込むことで、自分らしさを実現した。

住まいは暮らしの器である。前は無意識のうちに、容れ物に中身を合わせていたなと、リフォームして思う。リフォームで容れ物の方を、中身に合わせて変えられる。

決断に際しては「一生にいちどの大事業、老後に向けて万全の住まいを作ろう」と肩に力が入っていたが、今は住まいに完成型はない気がしている。なりたい自分、ありたい暮らし方は、生きている限り変わっていくだろう。何よりも変えていける楽しさを、リフォームで知ってしまった。

「今をときめいて、十年後も心地よく」くらいのゆるやかな構えで、住まいとともに年を重ねていきたい。

リフォームの頃合い

「お宅訪問」の客が、わが家に来るようになった。マンションの一室である自宅をリフォームして以来だ。仕事で付き合いのある同世代の女性に話すと、十中八九「えっ、見たい！」という反応が返ってくる。

そもそも私がリフォームをしたのも、同世代の女性Aさんに話を聞いたのがきっかけだ。その人の家を見にいき、女性設計士まで紹介してもらった。私とは別の同世代女性Bさんにも紹介したそうで、BさんからCさんへ、私は私でDさん、Eさんへと、芋づる式に（?）広がっている。

リフォームに興味のある人が、周囲にこんなにいたかと意外だが、少し考えれば納得だ。私が三十代だった一九九〇年代の半ば頃から、女性たちがマンションを買いはじめた。

遡って私たちが就職活動をした頃は、女性は自宅通勤が原則。企業が用意しているのは、独身男性のための寮かファミリー向けの社宅で、女性は住宅支援制度の外だったのだ。

「家賃、高い。これまで払った額を合計したら相当なものだわ」と思っていたところへ、バブルが崩壊。マンションの価格が下がり、購入という選択肢が現実的になる。金融機関も方針を変え、独身の若年女性でもローンを組めるようになった。

　このことを書くのにさまざまな文献を読んでいたら、参考文献欄に自分の名が出てきて驚いた。独身女性向けマンション購入セミナーは大盛況、といった記事。総合月刊誌の約二〇年前の号である。そんな仕事をしたこともありましたっけ……。

　あれから二〇年、途中病気や親の介護もありつつ働き続けられたことにしみじみするが、感慨にひたっている場合ではない。あのときの三十代がいまや五十代。歳月は家にも流れ、経年劣化し、若いときは苦でなかった使い勝手の悪さも問題になろう。定年後も視野に入る中「家にいることが多くなるなら、住みよくしたい」と、今度はリフォームという選択肢が現実的になるのもうなずける。

　先日は私から「お宅拝見」に行った。わが家と同じ設計士がリフォームしたマンションだ。家の主は住み心地をとても気に入り、設計士や工務店の人を招いて、しばしば食事会をしていると聞き「えっ、見たい！」と私。初対面なのに、家の話だけで四時間半も滞在してしまった。

　リフォームを媒介に、新たなつながりができつつある。

高いところのものを取る

スツールの上に立って何かすることに、危なっかしさをおぼえるようになった。ジムで鍛えているつもりでも、ふとした拍子にバランスを崩しそうになる。スツールごとひっくり返ったら……考えるだけで、ぞっとする。この年での骨折は、後々への影響が大きそう。

電球はＬＥＤにしたので、ふれこみどおりなら一〇年は替えずにすむ予定。すると当面の問題は、キッチンの吊り戸棚か。流しの上の天井に近い戸棚に、布巾のスペアや、ラップ、ホイル、洗剤などのストックを置いている。

一六八センチの私は同世代では長身の方だが、スツールに乗らないと、出し入れが困難だ。危険を避けたく、菜箸でつまんでゴム手袋を取ろうとしたら、周囲のラップ類の箱が、ばらばらと頭に落ちてきた。

テレビに出ていた七十代の女性は、吊り戸棚そのものをなくしたと言っていた。高いところにものを置くのは怪我のもとだし、そうまでして詰め込むほどものを持たなくて、もういいと、思いきって撤去してしまったそうである。

潔い。が、なかなかそこまでの決断はできない。ストックはないと困るし。

迷った末、吊り戸棚の中に可動式のラックを取り付けることにした。電動または手動の操作で、上下二段のラック全体が降りてくるというもの。私は手動式のを、業者に依頼し設置した。

これは大正解。片手で楽々引き下ろせ、上の段の奥のものまで、スツールに乗らずに悠然と出し入れできる。

吊り戸棚にじかにものを入れるのと比べて収納量は減るけれど、結果としてそれもよかった。整理ができた。

取り付け工事に際しては、戸棚をいったん空にするのだが、出てくる、出てくる「こんなもの持っていたんだ」と思うもの。ジューサー、泡立て器、シール蓋の変色した密閉容器、ポリ袋の束。引っ越しのときとりあえず押し込んで、それきりになっていたのだろう。すなわち、なくてすんでいるということ。要るものをストックしているつもりだったが、実は余分なものもため込んでいた。

将来はもっとものを減らすかもしれないが、暫定的な措置として可動式ラックはおすすめである。

保管を見直す

服はあるのに着るものがない。

よく聞く悩みだ。買い方を反省し、しばらく買い控えもするけれど、その割にいつも同じこと、と。

私もその経験をたどってきて、考えた。買い方もあるだろうけど、保管の仕方の問題が実は大きいのではと。

着ようとしたとき、着られる状態になっていない。クローゼットから出してみると、型くずれしていたり変なしわがついていたり、あるいは「このへんにかけたはずなのに、ないな」と思ったら床に落ちていて、埃《ほこり》まみれの無惨な姿であったり。

そしてそれはハンガーによって、かなり改善できると思うのだ。

そもそも以前の私には、ハンガーを「選ぶ」という発想がなかった。ハンガーなんてわざわざ買うものではない。家にあるのを使えばいい。クリーニングについてくる。服を買ったら入っていた。

服を処分した後でもハンガーは残る。クリーニングのハンガーは、返しにいかない限りたまる一方。材質は針金かプラスチック。

収納に悩める人として女性誌に登場する人のクローゼットのようすはたいてい、そうしたあり合わせと思われる種々のハンガーが混在している。私もまさにそうだった。

クローゼット内は、それなりに秩序立ててはいた。コの字型をしたウォークインクローゼットで、コの字の突き当たりのところには引き出し式ケースを置いて「たたむ収納」、両側のポールにはハンガーによる「吊す収納」。

どちらも色がグラデーションをなすよう並べていた。店のディスプレイ同様に。なのに吊す方にいまひとつ多幸感がない。それはハンガーが雑然としているからではないかと考えた。

針金ハンガーは使わずプラスチックに、色も黒に統一していた。が、形やサイズはなおも不揃い。

服を外してみると、袖の二の腕あたりに裏から尖ったもので突いたような、変な跡がついている。

ハンガーの幅が、服に対して広すぎるのだ。

コートを買ったときの厚みのあるハンガーはいい方。クリーニング店の薄いハンガーはことに、幅が余っている。クリーニングに出される服はいろいろだろうからとりあえず大きいハンガーを用意しておき、機械的にかけるのか。服の肩に収まらないと、左右どちらかにはみ出し、生地を引っ張ったり、傾いたまま吊しておくことになったりし、変形やしわのもとになる。

「ハンガーの幅が服の肩幅と合っていることって、だいじなのだ」

とはじめて思った。クリーニングのハンガーは、あくまでも仮置き用で、長期間の保管には向かないと考えるべきでは。

クリーニングから返ってきたときのポリ袋には「この袋のまま保管しないで下さい」と書いてある。同様のことはハンガーにも言えるかも。

ハンガーを買い替えることにした。正確には「買って、取り替える」。それまで買ってはいないのだから。

憧れは木製のハンガーだ。なんといっても高級感がある。が数を買うには価格的につらい。スペースの少なさを思っても、たくさん吊すには薄型でないと。

ネットで探すと、プラスチックのハンガーにも女性用と男性用があり、女性用は肩幅が三七・五センチ、男性は四一センチ超と知る。ここは大は小を兼ねずに、女性用にしよう。

形がまた、いろいろある。ぱっと見はどれも同じ黒の一枚板のようだが、細部が異なる。肩紐をかけられる凹《くぼ》み、ボトムスの紐を下げられる突起の有無やその付き方。私は特に、端の尖り具合に注意した。ハンガーは基本、三角形だが、角がなだらかに丸くなっているのと、直線のまますぼんでいくのとがある。服に跡がつきにくそうな点では、丸みだ。

肩紐をかける凹みは、あるものにした。クルーネックのニットも襟ぐりをこの切れ込み状にはめ込めば、ずり落ちを防げる。ボトムスの紐を下げる突起は、私は使わないため、なくていいことにする。

業務用とうたって、二〇本のセットが四二〇〇円で販売されていた。それを四セット購入。

同じ黒のプラスチックでも、見違えるようにすっきりした。ポールから服の肩までの高さが揃っているだけでも気持ちいい。下がり方も垂直で、列に出入りがない。服の幅にハンガーの幅を合わせた効果だろう。前は服がハンガーの上で左右どちらかに傾いていた。

重みのあるニットや、肩に縫い目のないラグラン袖のものをかけるハンガーには、ひと加工を施す。ハンガーの肩のラインに、市販の隙間テープを貼る。二センチほどの帯状をしたスポンジの片面に粘着テープのついているもので、本来は建具に使う。ハンガーの肩そのものは五ミリほどの薄さ。隙間テープを貼れば、服の重みが二センチに分散され、スポンジのクッション性により、ハンガーの跡がつきにくくなる。滑り止めにもなる。仕立ての店でそうして使っていたのを、まねてみた。

ジャケットやコートには、コートを買ったときついてきた厚みのあるプラスチックハンガーを、引き続き使用する。

四二〇円×四の一六八〇円で実現したハンガー改革。それで三年余りは、自分としては満足な状態で服を管理できていたから、コストパフォーマンスは悪くなかった。が三年も使うと、さすがに歪みが出はじめる。薄いプラスチックの板は、服の重みをずっと受け続けるには弱いのか。

　厚みのあるハンガーの方も、再考の余地を感じていた。そちらは選んだものでなく、前に続いてあり合わせ。コートを買ったときのものにジャケットもかけている始末で、服に必ずしも合わないし、大きさも形も不統一だ。

　やがてクローゼットそのものを、リセットすることになった。自宅の改築工事のため、いったん空にし、仮住まい先へ運ぶ。

「吊す収納」にしてあった服は、引越業者が持ってきた段ボール製の衣装ケースに、ハンガーのまま移し替えた。縦長のケースで、上にポールがついている。

工事がすむ三ヶ月後には、再び自宅へ戻すので、衣装ケースはそのまま借りて置き、服を入れておくことに。それが私の仮住まいの間のクローゼットだ。

荷造りの手間を省いて選んだことだが、来る日も来る日も服を段ボールの中から取って着るのは、微妙なものがある。ジャケットなどの正装で出かけても、帰れば段ボールに戻す。

それも新しい段ボールではなく、使い回しだ。トラックの荷台や地面に何度も下ろしてきたもの。なんとなく埃っぽく、黴臭《かびくさ》くもある。

服はただ置き場があればいいというものではない。出し入れの際の楽しみもあると思った。着る楽しみの一部かもしれない。

改築でクローゼットも変わる。扉はブラウンから白に。中の壁も白。前のはコの字型で間口は狭く奥が深かったが、今度は扉が全面に開き、服は一直線に並ぶ形になる。そこへ黒の歪んだハンガーでいいのかどうか。

保管を再び見直すことになった。

ハンガー改革

三年余り使ってきたハンガーだが、クローゼットの更新を機に買い替えることにした。今度は真の「買い替え」だ。

調べると、収納アドバイザーにも評価の高いハンガーがある。

形は意表を突くものだ。ハンガーといえば、基本は三角をイメージするだろう。

それに対してこのハンガーは、ひとことでいえば弧。一本の棒がなだらかにカーブしている。モビール飾りのようで頼りないが、この形を収納のプロは絶賛する。服が安定してかけられ、型くずれしにくいと。

棒の先が当たって生地が出っ張るのでは、薄手の生地だと破れはしないかと思うけど、シフォンブラウスであれニットであれ跡はつかない、ラグラン袖の服もだいじょうぶとプロは言う。どんな服にも合うわけは、絶妙なカーブにありそうだ。

どこにも引っかからないのに、キャミソールの紐だってずり落ちずに止まる。滑り止め効果を持つ樹脂で、棒全体をコーティングしてあるためだ。

凹みも突起もなくて、シンプルの極み。色はシルバー、コーティング樹脂も半透明のシルバーだ。改築後は白になるクローゼットに間違いなく合う。

これに総取っ替えしたいのは山々である。が、ドイツ製で安くはない。販売者により、また時期によっても変動するだろうが、そのときで一〇本が一八〇〇円。

「いろいろな技術が込められていそうだしな。特許料とかも入っているのかも」

といったんは、あきらめた。

が、探していくと、そっくりな品が出ている。固有名詞を出してしまえば、かのニトリ。こちらはなんと三本セットが税込み二九九円だ。

売れ筋商品と似たものを安く作ることには、いろいろな考えがあろう。私も開発者に敬意は払いたい。細かい部分で差が出るかもしれず、シビアに比較しているサイトもあった。が、まとまった数の必要な今は、低価格に抗しきれなくて、ニトリにて三本セットを二〇セット、計六〇本を購入。

これが二度目のハンガー改革だ。一度目では八〇本購入しているので（煩わしく感じることもある「履歴」だが、こういうとき便利）、単純計算すれば二〇枚の服を、この機に減らしたことになる。

以来二年。耐久性の試されるのはこれからで、長期的なコストパフォーマンスはまだ評価できない。が、これまでのところは、買い替えてよかったと思っている。機能は期待を裏切らず、クローゼットの見た目はよりすっきり。すっきりしたのは服そのものが少なくなったせいもあるかもしれないが。

そう、一度目の改革では検討課題として残った、ジャケット類をかける厚いハンガーも、ついでにニトリで買い替えた。こちらは従来のハンガーらしい三角形。表面をバックスキンのような質感に加工し、滑り止め効果を持たせてある。色はアイボリー。

こちらは男性用と女性用とがあり、幅が異なる。

アーチ型にはその区別がなくて、幅はなんと四二センチだ。それでも女性用の服がきれいに収まるのは、この形ならではか。

「ハンガーの幅を服の肩幅に合わせる」ことを一度目の改革で行ったが、「どんな肩幅の服にも合うハンガーがある」と二度目で知ったのだった。

買って満足していないで

朝、いつものように裏起毛のレギンスをはき、かぶりのウールワンピースを着て、ふと思う。この数ヶ月間、ずっとこの組み合わせ。家にいる日は一日じゅう、出かける日も起きてまず、この二つに手を伸ばす。

他のものを取り出せないほど、クローゼット内が無秩序に詰め込まれているわけではない。自分で言うのも何だが、よく整理され、雑誌の収納特集で紹介されてもいいくらいに思っている。「服があるのに着るものがない」わけでもない。ある服はすべて、野球に譬《たと》えればいつでも打席に送れる服。

四十代の初めまでは違った。買ったばかりの服は、家で着ると傷んでもったいないからと、出かけるとき用に限定し、ある程度着て、しみや毛玉がとれなくなったら家用に「降格」するのが常だった。

あるとき誰かのコメントを読んで、ぎくりとした。ジャージばかりはいていると、ジャージしか似合わない人になっていく、という。するとくたびれた服ばかり着ている私は、くたびれた感じの人になっていく？

以来、家用と外用の区別を原則として撤廃。ジャケットなどフォーマルな服を除いては、買ったばかりのワンピースでも家で着て、傷んだら潔く処分するようにした。そういう方針転換をしたにもかかわらず、限られた服しかローテーションしていないのはなぜなのか。

ひとことで言えば惰性だろう。冬はこの組み合わせが、動きやすく暖かいと、経験的にわかっているから、何も考えなくてすみ、ファスナーもボタンもないこの二つは、着るのにいちばん手間要らずでもある。

惰性の日々でも気持ちの上では、おしゃれをそこそこ楽しんでいる。この冬はレギンス頼みからの脱却をめざし、ワイドパンツに挑戦した。レギンスにはワンピースだが「ワイドパンツには、丈の短いブラウスが合うな」「その上にはおるなら、こういう形のカーディガンだな」と、ひととおり揃えた。いわば脳内ファッションショーをすることで、おしゃれ心は満足してしまい、現実には慣れた服に手を伸ばしている。

せっかくの服が、打席に立つ機会のないまま終わってはもったいない。残り時間への意識もちらと頭をかすめるのが、四十代までとの違い。ふだんのおしゃれに、もっと積極的になろう。

「断服」という試み

「断服」がこの頃、周囲でよく話題になる。断食と似て、服を取り入れることを断つ。すなわち服を買うのをやめる試みで、目標は一年間という。

捨てるより買わない方が主であると聞き、興味を持った。

処分については、差し迫った必要を感じない。クローゼットがぎゅうぎゅう詰めで出し入れが困難、ということはなく、持っている服はどれも好きだ。しみ抜きや補修はまめにし、いつでも着られるようになっている。

にもかかわらず出番のないままのものがあると、断服の話を機に改めてクローゼットを点検して、気づく。好きだし、着られるようになっているのに、機会の巡ってこないもの。

収納に悩む人がよく言う「服はあるのに着るものがない」状況ではないが、「着ないものもある」とわかった。

前に述べたとおり、ふだんの服はほとんどが同じブランドだ。型をさほど変えないブランドなので、五年前のカーディガンでも今年のワンピースと合わせることができる。近くの百貨店内にある、そのブランドの店へ、シーズン中何回か通う。あれば買おうと思っていた色のカーディガンが、今年はなければ、他のブランドで間に合わせず、次の年まで待つ。

買ってきたら、そのままでは服が増えるので、入れ替わりに何点かをリサイクルショップに持っていく。

そうしてうまく新陳代謝できているつもりだったが、摂取が消費を上回っていたらしい。クローゼットの容量に比しては過多でないけれど、私の着用習慣からすると適正量を超えていたようだ。

しばらく店から遠ざかることにした。業務多忙で行く時間がないのも、この場合は幸いだ。いちど百貨店内の喫茶店で仕事の打合せをしたとき、エスカレーターで上ると店の斜め前に出た。喫茶店はその方角のさらに奥だが、近づくと決意のぐらつくのをおそれて大きく迂回。打ち合わせを終えた後も店に寄らず、そそくさと下りエスカレーターに乗る。

断食から連想し、どれほどの苦行だろうと思ったが、店に行かなければ案外と平気なものである。刺激なきところに欲望はわかないのか。

買わずに過ぎて、もうすぐ三ヶ月。どこまで続くか挑戦中だ。

ただいま大規模修繕中

住んでいるマンションが、春から大規模修繕に入っている。黒い防鳥ネットのようなものに覆われている建物を、町でときどき見かけるが、まさにあの状態だ。

人が出入りするところは、鉄パイプと鉄板を組んで、ネットを除《よ》けてある。その中へ毎日帰っていくのは、バリケードから通勤しているような妙な感じだ（厳密には私の仕事は、通勤ではないが）。夏いっぱいこの状態が続く予定。

慣れないうちは、夜カーテンを閉めると、その状態であることをつい忘れた。夜中に洗濯機を回しはじめ、「そうだ、明日は干しておけないのだったかも」。工事箇所との関係で洗濯物を干せない日は、外の掲示板に×が付いている。確認しにいくと、果たして×印。浴室が干し物でいっぱいに。

その晩じゅうに仕上げるべき書類につい集中し、朝の四時に終わったときも「十二時に家を出ればだいじょうぶな日だから」と安心して布団に入れば、朝八時半、頭の真上の壁をドリルで掘削するような振動音。就寝が何時にずれ込もうが、起床は規則正しく八時半である。何かと立て込んでいた週は、唯一工事が休みの日曜を前に、目覚ましをかけずに寝たら、起きたのは昼だったから、睡眠不足がよほど溜まっていたらしい。

　大規模修繕に入ってから、つくづく感じているのが、今さらながらだが日光のありがたさ。家にいる日は昼なお暗く、詩人ゲーテのいまわの言葉ではないが「もっと光を！」という気分だ。曇りだと思って、折りたたみ傘を持って外へ出たら、かんかん照りだったことはしょっちゅう。

　洗濯物の掲示板は常にチェック。ようやく×印が消えて、当日になって雨だと萎える。晴れであっても、例年の同時期に比べ乾きは悪い。ネットの隙間から風は通るが、陽に直に当てるのとはこうも違うのか。

　ネットの途切れている部分に、なるべく多く行けるよう、物干し竿《ざお》を横にずらし、乾きにくいものは、鉄パイプに吊して、陽に向かって少しでも余計にせり出させる。「足場にものを干さないで下さい」と、そのうち掲示板に注意書きされてしまうか？

よい方の期待は、夏の室内が例年より涼しいかもしれないこと。

　修繕が完了し建物がきれいになるのと、日光の戻るのが楽しみだ。

勝手にクリーニング

夏の間は風邪を引いている人によく会った。たいてい言うのが「エアコンをかけて寝たら冷えすぎて」。

そう、睡眠中の温度調節は難しい。直撃は体に悪そうなので、私は寝室のエアコンは切っている。寝る前に低めの温度で強風にし、いっきに冷やして切るのである。

この夏、最初にそうした晩のこと。ただならぬ蒸し暑さに目が覚めた。外気の影響でじわじわと、といったなまやさしいものではない。温風が部屋いっぱい充満し、なおも盛んに吐き出されている。

何ごとかと辺りを見れば、エアコンの黄色いボタンが点灯中。「停止」を押したつもりが、間違って暖房にした？

目を近づけると黄色は「おそうじ」中のサインであった。そう来るのか！

エアコンは前の冬に購入したものだ。リフォームの際、家にある三台を同じものに買い替えた。セルフクリーニングの機能が付いていると聞き「それは楽」と一も二もなく選んだ。

そのときは知らなかった。冷房を切るや勝手にクリーニングを開始して、しかも温風を排出するとは。放っておくと一時間くらい部屋を暖め続けている。マンションで在宅勤務する私。寝室と仕事部屋は、ドアを開ければひと続きだ。起きている間も直撃をあくまでも避けたい私は、昼は寝室のエアコンから仕事部屋に風を送り、夜はその逆にした。

温風のおさまるまでの時間を計算に入れ、早めに仕事を終えて、寝室のエアコンを切る。朝は起きてすぐ仕事部屋のエアコンを切り、リビングへ退避。リビングでできる事務処理をまずしてから、仕事部屋のエアコンの温風の出尽くした頃そちらへ移って、書き物にとりかかる。一日の動きをエアコンの都合優先で組み立てるようになった。

クリーニングをはじめても、もういちど「停止」を押せば、エアコンは引き下がるとわかった。が、それをしては汚れを溜めることになりそうだ。温風の出ていいときなんて、夏はほぼないのだから。クリーニングのタイミングは、エアコンの自主判断に任せよう。

温度調節よりエアコン中心のスケジュール調節に振り回された夏。ようやく去って、エアコンなしで眠れる季節の到来だ。

趣味は掃除

自分以外に散らかす人のないのを幸い、家の中はきれいにしている方だと思う。床にものを置かない。使ったものは元へ戻す。脱いだ服を出しっぱなしにしない。とり入れた洗濯物は、その日のうちにたたんで所定の場所へしまう。日々結構な時間を、片づけに費やしている。リフォームした家に引っ越してきて、きれいにしてある気持ちよさを知ってしまったら、快感原則のとおりで、やめられなくなった。

整理整頓は趣味といえるのではと思うことがある。例えば顔や体を拭くタオル。細長くたたんでかごに立て、洗面所兼脱衣所に置いている。色のみならず、たたみ方も揃え、上から見たとき同じ折り山が並ぶようにしているから、実用の目的をもはや超えている。

つい熱中してしまうところも趣味っぽい。洗面所の床は表面のざらついた白いタイル張りなのだが、寝る前にたまたまそこに、小さなしみを発見したとする。眉ペンシルの先のかけらが落ちて、タイル表面に付着したような、点ほどの汚れ。

ざらつきの奥にこれ以上入り込まない方がいい。古い歯ブラシに練り歯みがきをつけ、しゃがんでこすりはじめる。ひとつ消すと、次また次としみが目に飛び込んできて、気がつけば足がしびれるほどしゃがみ続けている。今する必要は全然ないし、適正な睡眠時間を確保するには、早く寝た方がいいとわかっているのに、夜中でも掃除をはじめてしまうのだ。

「趣味はトイレ掃除です」と語る、五十代の男性がいた。聞けば、きっかけは居酒屋で入ったトイレがあまりにも汚なかったこと。思わず掃除したら、自分でも意外なくらい気持ちがよかった。彼は考えた。誰だってきれいなトイレの方が気持ちいいはず。

　そこから半生を顧みるのが、私たちの年代らしいところだが、彼の言うには、自分も早期退職しフリーになって、好きなように生きてきた。子どもはいない。ささやかながら社会還元できるとすればこれかなと思い、以来飲食店や駅ビルなど、出先でトイレを使ったら掃除するようにしているという。

　えらい！　私はきれいにするのが好きといっても、家の中だけのこと。人の屎尿《しにょう》までこすり取るほどの奉仕の精神は、正直、私にはないのだが、洗面台の水はねは、自分のでなくても拭くようになった。

ブーツの臭い対策

出かけた先で思いがけず靴を脱ぐ状況になることはないだろうか。お店で通された席が畳敷きだったとか、訪問した建物がスリッパに履き替えるようになっていたとか。前はそのたびにどきっとしていた。靴下の穴は……ではなく、臭いの方はだいじょうぶかと。

靴の中は夏でなくても蒸れやすい。足の裏には汗腺が多く、一日にコップ一杯ほどの汗をかくとも聞く。

冬の間よく履いたブーツがあり、帰宅すると靴下の臭いがなんとなく気になっていた。靴下は毎日替えているし、お風呂では指の間まで石鹸をつけて洗うが、それでもだ。消臭スプレーを靴の中にかけても、いまひとつモトを断てていない感じ。

いったいどこがモトなのか。鼻を近づけて追及し「これだ！」と。自分で入れた市販のインソール。抗菌消臭機能をうたうものなので、入れっぱなしにしておくのが臭い退治になるかと思っていたが、逆だったらしい。スポンジ状の穴のひとつひとつの奥深く、ひと冬ぶんの汗がしみ込んでいるのか、靴下の臭いを百倍に凝縮したような。

靴下よりも足よりも、これをまず洗うべきだった。

　この発見のすばらしさは、当該ブーツの問題解決のみならず、他の靴にも応用できることである。玄関先にインソールを常備して、靴を履くとき必ず使用。脱いだら外し、かなりの頻度で洗濯する。

　靴の臭い対策には、前々から意を用いていた。炭や重曹を用いた消臭グッズ。食品の乾燥剤や、使用済みの携帯カイロ、新聞紙を丸めたもの、十円玉を入れておくといった、よく紹介されるアイディア。が、私の印象ではそれらのどれより、インソールをしょっちゅう洗う方が効果大だ。

　インソールの選び方は、部分用ではなく全体用を。接着剤で貼らずに、ただ敷くタイプ。革でなく合成素材。低反発クッションのものなら、足に合わせて変形するので、靴のフィット感を損なうことが少ない。というより、足裏と靴の隙間を埋め、履き心地はむしろアップする。インソールの使用を私がすすめた女性は、そちらの方の効果を絶賛していた。靴の中で足が滑らず、断然歩きやすいと。

　一石二鳥のインソール。おすすめである。

いまどきのスニーカー

冬の間よく履いていたブーツは色がグレーで、どんな服にも合わせやすかった。出かけるとき何も考えずパッと履くことができた。楽なのをいいことに、春になっても履き続けていた。

が、服が衣替えの季節を迎えると、さすがに見た目が暑くなる。そろそろ夏の靴を出さないと。

しまってあった箱の蓋をとった瞬間、

「これはちょっとつらいかも」

何シーズンも履いたフラットシューズ。久々に見ると傷みが目につく。この二足が使えないと痛い。

そう二足。私の癖で、履き心地のいい靴に出会えたら、同じブランドで似たようなものを買う。おしゃれの幅が狭く、方向転換しづらい。

かつて同じメーカーのを愛用し、生産終了でばらばらになった仲間たちは、その後どうしのいでいるのだか。

折しも送られてきた五十代以降の女性雑誌が、おしゃれで歩きやすい靴の特集をしている。特集として成立するのは、それだけ需要があるのだ。この年代では特にそうだろう。

若いときは少々歩きづらくてもパンプスやヒールを履いていたけれど、もうそこまで頑張りたくない。足のトラブルもいろいろ出てくる頃だし。

私でいえば、介護というものが生活の中にあった五年間で、パンプスとは完全にお別れした。親の歩くのを支えるのに、自分が転倒してはどうにもならない。五年間の後半は、介護の当番でない日でも、いつ事態が急変し病院に駆けつけることになるやもしれず、ただちに走り出せるような靴しか履かなかった。

その雑誌が送られてきたのは、インタビューを受けたからだが、自分の記事より先に靴の方を読みふけった。

これからの季節におすすめのおしゃれで履きやすい靴と紹介されていたのは、サンダルではなく革靴。夏らしい元気な色で、形はよくあるレースアップシューズだ。甲のところを紐で結んで調節する靴である。

載っていたブランドのひとつが、私の最寄り駅近くに店舗を構えているのを思い出し、仕事から早く帰った日に行ってみる。

先客がひとりいて、スツールに腰かけフィッティング中。

「あー、これも当たるわ。他に何かないかしら」

脇には靴の箱が十ほども積み上がっており、靴には悩みをお持ちのようす。しばらくはかかりそうである。

私は掲載されていた商品をひとりで試着。履き心地は悪くはない。が、色がどれも元気よすぎる。レモンイエローとかマリンブルーとかは単体ならいいけれど、服やバッグを選んでしまう。

雑誌になかった色も作っていないか。グレーなら何にでも合わせやすいが。

先客が去って、手のあいた店の人に聞くと、

「スニーカーでグレーは、今ないんですよ」

そのとき知った。この革のレースアップシューズもスニーカーと呼ばれているのか。有益な情報だ。これから似た履き心地のを探すのに、スニーカーというジャンルになるとの指針を得たのだ。

スニーカーは私には、中学生のズックのイメージだ。修学旅行で黒っぽい制服に、白のずんぐりむっくりした靴を履いている列。

同じ紐で結ぶ靴でも、スニーカーは布でありカジュアル、レースアップシューズは

革できれいめという位置付けが、私にはあった。

ときたま覗くサイトに、靴中心の通販があるが、そこでも「スニーカー」と「レースアップ」は別のジャンルに分かれていた。

電車に乗っていてもつい人の足もとを見る……というと別の意味になってしまうが、女性が何を履いているかを注視するようにした。

スニーカーは、たしかに多い。カジュアルなパンツだけでなく、ロングスカートやワンピースなどきれいめ、さらにはフェミニンな服の人も履いていて、それが変ではないことになっているらしい。

服も靴も同じようなものを習慣的に身に着けるので満足な私は、おしゃれの法則が知らない間に変わっていることが、過去にもよくあった。ワンピースの下にパンツをはいてもいいらしいとか、シャツの裾がセーターからはみ出ていいらしいとか。

スニーカーも、思った以上の汎用性を持つものになっていた。心地よさを獲得していくためにも、情報をもっと更新していかなくては。

自宅で試着ができるけど

靴は出かけるときパッと履けるのが何より。グレーのスニーカーは、服やバッグとの色合わせを考えなくてすむ点では、目的のとおりだ。

ただ紐を結ばなくてはいけない点で、パッと履くという感じではない。しゃがんで引っ張り、輪にしてくぐらせ……。出かける勢いというか動きが、いったん止まる。

デパートのコンフォートシューズ売り場では、レースアップシューズで紐の脇にファスナーの付いたものがよくあった。紐で締めたりゆるめたりできるのにファスナーがなんで必要なのかわからなかったが、今はうなずける。ファスナーを上げる方が、いちいち紐を結ぶより断然早い。が、これはスニーカーの宿命というべきだろう。

やがて季節が進んで、街ゆく人々の服装がいよいよ軽快になると、この夏はこれでイケると思ったグレーの革のスニーカーも、色が重く、暑苦しげに感じられてくる。

サンダルは履く習慣がない。スニーカーを白にしたらいいのでは。

人の足もとの注視を続けていた私は、紐のないスニーカーのあることを知る。紐を通す穴だけがある。

最初は履く人のアレンジかと思った。紐を外してしまっても脱げないのは、左右から甲をおおう布を接着剤で留めているのかと。が、個人のアレンジにしては、同様に履いている人が多い。

もしかして穴はフェイクであって、紐はもとからないのでは。

靴中心のショッピングサイトを覗いてみると、スリッポンスニーカーなるジャンルがある。

私の中のおしゃれ情報をまたまた更新しなければ。紐ありの中で、レースアップシューズと相互乗り入れしているのがスニーカーの現在と思っていた。

が、スニーカーはいまや紐なしの方へも越境し、スリッポンシューズとも混然となるほど、領域を拡大しているらしい。

買いたいものが、どのジャンルに当たるのかを突き止めるまでに、ネットでは多くの時間を要する。ジムで着るタンクトップもそうだった。カテゴリーからして、レディースファッションかスポーツか、インナーなのかトップスなのか、タンクトップとノースリーブTシャツとどっちなのかと迷った。

今回の買い物では、スリッポンスニーカーで白を探せばいいらしい。紐がスニーカーの宿命でなくなったのも朗報だ。

色は白、素材は革、価格は二万円未満、それにサイズを指定すると、商品の数は三桁にまで絞り込めた。

そのサイトのありがたいのは、サイズ交換が無料であること。そうでなければリスキーで買えない。靴を中心とするサイトは、その心理をよくわかっていて「自宅で試着」をうたい、返品に対するハードルを下げている。

大足の私は、デパートでほしい商品まで決まっても、サイズ切れ、取り寄せてもらうことはできても一応それも試着しないと、でも次にいつ行けるか、ということが多いので、サイトのしくみはたいへんありがたい。昼間買い物に割ける時間は限られるが、夜に家で可能だとは。

買ってもいないものを家に置いていいの？　と思うかもしれない。送られてきた時点で、商品代はカードで支払われている。返品すると、商品代がバックされる。セール品については返送料がかかり、そちらは商品代からその分を差し引いて戻ってくるしくみだ。

私はスリッポンスニーカーから二つ選び、一つはセール品だった。届いた二つは両方とも小さい。サイズ表記は今履いているグレーと同じだが、ブランドによってこうも違うのかと驚く。

　これより大きいサイズはなく、従って交換ではなく返品だ。

　返品には期限があり、それを過ぎるとお金はバックされない。宅配便を出しにいく時間をとれぬうちに、過ぎてはこわい。集荷依頼を宅配便のサイトで申し込む。

　一方で所期の目的は達していないから、ショッピングサイトにて再び商品を選び直し、注文。

　二度目に送られてきたものも、結果として返品となった。サイズはいいが、当たって痛い箇所がある。

　返品は面倒だし、度々だと気後れもある。

「厚手のソックスを履けば、痛みが気にならずに履けるのでは」

と試してみたが、考えてみれば本末転倒。夏が進んでグレーが暑苦しくなってきたから白を買おうとしているのに、季節に逆行するソックスを履いてまで、送られてきた靴に合わせようとするなんて。

　ちなみにこれもセール品。返送料六四五円が再びついた。

　返送料について否やはない。そういうしくみなのだから。が、それを含めた総合的コストは、私にとってどうなのか。時間をとってみても、このことに費やしている時間は少なくない。

目的を定めたら達成したくなる性格もあり、このところ毎晩、商品探し。ネットは皆さん経験のとおりで、いつの間にかとんでもない時間が経っている。商品数を三桁にまで絞り込めたといっても、リアル店舗ではあり得ない膨大な中から選んでいる。エネルギーも要る。商品の比較検討に費やすのみならず、在宅可能な日時を調べる、指定したら必ず家にいるようにする。受け取りでも、返品の際の集荷依頼でも。

それらを勘案すると、昼の時間をやりくりして店で探す方が、効率がいいのでは。

たまたま通りかかって、その場で決まったグレーのスニーカーは、こうなると奇跡に思えてくる。

たくさんの候補から探すのはやめて、あの店にある中で合う白があれば、もうそれでいいのでは。

同じブランドで似たようなものをという買い方に、かくして戻っていくのである。

価格か、ホスピタリティか

おしゃれで履きやすい靴の探し方を模索中だ。

これまではデパートのコンフォートシューズ売り場で選ぶ、サイズがなければ同じものを、靴中心のショッピングサイトへ、という順番をたどっていた。

今回は変えてみよう。

そんな折、あるブランドの店の前をたまたま通りかかる。かつてはザ・革靴の店という雰囲気だったが、今はカジュアル路線に転じているようす。

中にグレーのレースアップシューズがある。底はフラットな白のゴムだが、形はずんぐりむっくりでなく、大人のスニーカーという印象だ。入ってみる。

客はおらず、レジカウンターの向こうに男性スタッフが二人。

「何か気になるものがありましたら、どうぞお試し下さい」

私が行くと、カウンターでしていた事務をはじかれたように止めて出てきて、たいへん丁寧な物腰である。

グレーの靴とサイズを言うと、それからの連携も実に洗練されている。ひとりが箱を探す間にもうひとりが私をスツールへ案内、詰め物を外す間に靴べらを持ってきて、紐をゆるめる間に私の足もとへスリッパを置く。二人がかりで下にも置かぬ扱いだ。

足を入れやすくするため紐をゆるめるのみならず、甲の革を左右に開き、シンデレラの靴合わせのごとく跪《ひざまず》いて差し出されるに至っては、恐縮した。

サイズは合い、見た目も棚にあったとき以上に好印象だ。鏡に映した足もとも、ごつくない。細身なのが、中学生のズックと一線を画している感じ。ブランドのロゴは無色で小さく型押ししてあるだけで、全体としてシンプルだ。

試しに歩くと、当たって痛いところはどこもなく、それでいて中で足が動くこともなく、やわらかくホールドされている。

「いかがですか？」

と尋ねられ、

「すごくいいです」

と答え、今感じたすべてを述べた。

これ以上ないくらいの評価をしてから、値札の二万一〇〇〇円という数字に気づく。これに消費税がつくわけか。安い買い物ではない。

ネットなら割引になっているかも、との考えが頭をよぎる。さきに述べた靴中心のショッピングサイトでは、期間限定でクーポンを発行していることがある。

そうでなくてもそのサイトは送料無料。かさばるものを持って帰らなくてすむ。仕事帰りで書類鞄もあるし、この後、食料品も買う予定。

こまかいことを言えば、ショッピングサイトだとポイントも貯まる。

しかしここまで歓待され、しかも商品を絶賛しておいて、

「やっぱり、やめます」

と言える状況ではなく、購入。

さらに店の人がすすめるクリーナー、ブラシ、保護クリームというシューケアの三点セット、その上、「この革は防水加工しておりませんので」という理由ですすめられた撥水スプレーまで買って、食料品はあきらめ、ふだんは徒歩のところをバスに乗って帰ってきた私って……。

帰宅後、こわいもの見たさでショッピングサイトを開くと、予想どおりというべきか、クーポンで一〇パーセント引きになっていた。店の人も知っていたのでは。あの気後れするほどのもてなしぶりは「クーポンに対抗するならホスピタリティしかない」と決めてのことでは。

ネットとリアル店舗との価格差は、受け止め方が難しい。

介護と正月

介護をしていた頃、正月はいちばん気が張るときだった。父を九十歳で送るまで、きょうだいで交代に介護していた。

ふだんの受け持ちは週末のみ、平日はきょうだい任せである。仕事で出かけない正月の間くらい私が担当しなければと、ひとりで父の家に泊まり込む。するとその間、父の生命に全責任を負うことになる。たまにきょうだいが顔を出すが、それ以外は父と二人きり。

誤嚥《ごえん》していないか、保温が不充分で風邪を引き熱を出していないか。年末年始は医療機関が休みなので、万一のとき対応が遅れる。その緊張も半端ではない。

正月明けは、美容院をはじめあちこちの店で若いスタッフから「お正月はゆっくりできましたか」と挨拶代わりに言われるが、そのたびに「……」と詰まった。若い彼らには、実家とは親にあまえるところであり、介護はまだ想像の外なのか。

正月の行事めいた部分は、どんどん簡略化していった。はじめのうちは、父にお正月気分を味わってもらおう、いろいろなことを思い出していわゆる回想療法ふうに認知症にも効くのではと、お節料理やお雑煮を整えていた。しだいに父がやわらかいものも飲み込めなくなるに至り「食べられないのに目の前にあるのは、かえってかわいそう」との声がきょうだいから出る。自分としても、正月準備に向ける余力がなくなる。世の中ののんびりムードとは無縁の臨戦態勢。そういう人は、中高年の女性に多いのではなかろうか。

　そして、いざ介護が終わり、ひとりの正月になってみると……特別なことは何もしていない。

　介護中は、温泉で迎えるお正月みたいな旅行プランに憧れていた。「大晦日《おおみそか》の晩には年越しそばが出て、元旦にはお雑煮が出て」といった話を聞くたび、「夢だわ」と。が、制約のない身となって、そういうこともしていいはずなのに、意外としないものである。

　似たような立場の人は周囲にいる。家族の世話をする義務のなくなった女性たちだ。が、集まろうという話も、特にしない。年末年始は体調を崩しやすい時期。インフルエンザやノロウイルスの流行期だし、年内の用事をすませたところで、溜まっていた疲労がどっと出がち。旅行でも人との約束でも、予定を入れると義務になる。休養がいちばん。マイペースで過ごすのがいちばん。

今は移行期なのだろうか。ひとりになって四回目の正月はまだ、介護が終わった虚脱状態からのリカバリー期にあるのかも。そのうち活動的な正月を過ごすようになるかもしれない。今後の変化が楽しみだ。

初夢、見ても見なくても

仕事先で空き時間、初夢の話になった。ひとりの男性が自分の夢の内容を、赤信号でどうこうと語っていると、もうひとりの男性が驚いた声で「ちょっと待った。赤信号ってことは、夢に色がついているわけ？」。

聞かれた方はきょとんとし「そうでない夢ってあるの？」。「俺、色つきの夢って見たことない」「ええーっ」。二人してのけ反っていた。それぞれに夢とはそういうものと、生まれてこのかた五十年間、信じ込んでいたという。

あり得ることだ。人の夢は覗けないし、いい大人が夢の話をする機会なんて、初夢がらみでもない限り、そうそうない。

二人の会話を機に振り返ると、私は色つきだ。意識していなかったが、断片的に覚えているシーンでも、夕陽はオレンジ色である。

けれどビジュアル面より身体感覚の方が、私の夢では強い印象だ。狭い、重たい、動かない、つかえている、といった感覚である。その感覚に合った、何らかのストーリーが付随する。電話番号をいくら押してもつながらない、ドアを何枚も開け続けようやく抜けたら飛行機がもう離陸してしまっていた、など。

そうした夢は、寝苦しいと見る傾向にある。寝具を重ねすぎていたとか、タオルケットが捩《ねじ》れて胴に巻きついていたとか、枕がずれて首が変な具合に曲がっていたとか。そこから導き出される対策としては、適切な寝具を選んで、睡眠環境を整えること。昔はよい初夢を見るために、宝船の絵を描いた紙を枕の下に敷く風習があったそうだが、寝返りを打つたびバサバサ鳴って、騒音に悩まされる夢になりはしないだろうか。

寝苦しさはむろん、精神状態とも関係する。部屋から部屋へ必死で走っても違う部屋、みたいな夢を見るのはたいてい、すべきことに追われているとき。そういうときは眠りが浅く、寝返りも頻繁で、体に余計な力が入るらしく、朝になるとあちこち凝っている。

かんじんの初夢はといえば、毎年ほとんど記憶がない。今年こそはよい夢を、と期待して寝るが、日頃は色もストーリーも伴う夢なのに、正月に限っては「今年も何も見なかった」と肩すかしに終わる。ふだんよりぐっすり眠れている証しで、よろこぶべきことなのかも。

前泊のおまけ

他府県への出張は、なるべく前泊することにした。

かつては国内ならほとんど日帰りしていた。前の晩から行くと、その日がフルに使えない。始発で間に合う限りは、頑張って早起きし、当日の朝行くのが効率的と。が、その方針に疑問を抱きはじめた。

乗り物に揺られどおしで着いてすぐ仕事、終わり次第とって返すのが、きつくなってきた。「車中は寝ていたっていいわけだし」と思っていたが、移動そのものの体への影響を過小評価していた気がする。

翌日は疲れが残り、仕事はしていても、実感的には八割稼働。フルに使えない日が前か後かの違いだけだ。ならば移動を二日に分ける方が、絶対に楽。家から四時間以上かかるところは原則、前泊にした。

方針を転換して、思わぬメリットがあった。日用品の買い物ができる。それには深夜営業の郊外型スーパーの存在が大きい。

地方都市に遅い時間に到着すると、困るのが食事だ。ビジネスホテルのレストランはとうに終わっている。そんなとき近くのスーパーをフロントで聞いて、行ってみる。

「近く」といってもたいていは、徒歩一五分以上かかるのだが。


私の他誰も歩いていない暗い幹線道路をガードレールに沿って行くと、星空のもとにそれとおぼしき看板が。格納庫にも似た巨大な四角い建物が、駐車場からのライトアップ効果で、白く光り輝いている。私の住む立て込んだところのスーパーとは、すべての規模がケタ違い。空港ロビーのように広いフロアの反対側が何売り場かは、遠視の私の目をもってしても見えない。

とりあえず総菜といなり寿司をカートに入れて押していくと、通りがかりに日用品が。「そうだ、歯みがきがなくなりかけていた」。そういうものを買いに行く時間が、ふだんは意外とないのである。ネットで買うには商品に対し送料がかかりすぎるし。

さすが、売り場面積に比例し品数は多い。「着色汚れを除去できて、研磨剤の入らないのがあれば」。老眼鏡をとり出し、パッケージを熟読。通路にゆとりがあるので、他の人のじゃまになる心配もなく、ゆっくり選べる。毛のやわらかい歯ブラシ。紫外線吸収剤不使用のＵＶクリーム。次々カートへ。後回しになりがちな日用品の買い物を、ストレスの少ない環境ですませられる。


出張の仕方の変化にともなう、新たな買い物スタイルだ。

出張先のデパートで

会合でしばしばいっしょになる女性がいて、その日は「おやっ」と思った。その人の着ているワンピースを、私も持っている。前にジャケットも同じブランドのことがあった。

そのブランドの服をはじめて買ったのは、出張先の松山で。空港行きのバスまで四〇分ほどあり、バス乗り場の前のデパートに入った。

お茶でも飲むかとフロアを歩けば、仕事のとき便利そうなワンピースがある。黒とネイビーが基調の柄物で、胸が開きすぎず、丈は膝が隠れるくらいで、色、形とも堅実な印象。それでいて裾はフレアだから、着ていて楽そうだ。

「知らなかった。東京にもお店、あるんですか」。店員さん相手に興奮ぎみに話し、ワンピース二枚に黒のジャケットまで購入した。

店でもらった案内によると、東京にも二、三のデパート内にあるようだが、わざわざ行こうとは思わない。別の町に出張したとき、そこのデパートにもたまたま同じブランドの店があって、ネイビーのジャケットを買い足した。

聞けば会合の女性も松山で買ったとのこと。空港バスの待ち時間にという状況まで同じだ。「私も出張先では、結局デパートに入っている」。周囲の女性たちも加わってきて買い物談義。前泊の機会に、スーパーで日用品を買うとさきに書いたが、帰り際の時間調整はデパートなのだ。

「何も松山まで行ってデパートに入らなくても。お城のひとつも見てくればいいのに」。人に話すと言われるが、仕事の後なので、観光地へ行くほどの気力、体力は残っていない。とりあえず勝手のわかるデパートで、ひと息ついて自分に戻ろう。お茶でも飲むかとフロアを歩けば……後は先述のとおりである。

ふだんはなかなか行く時間のない買い物。この機にいっきにすませたい思いと、ついさっきまで仕事で気を張っていた反動とから、ついまとめ買いしてしまい、宅配便で送ることになりがち、というところまで、買い物談義の女性たちは共通していた。

ひとりは直近の人事異動で現場から退いたのに伴い、出張がなくなったという。月に一回通っていた某都市のデパートにも、とんとご無沙汰。「店員さんには、あの、しょっちゅう来てはそのたびに爆買いしていった人、どうしたんだろうって思われていると思うよ」と懐かしむ目をする。買い物の仕方も、働き方につれて変わっていく。

半日ツアーに参加

旅先でフリータイムを持った。仕事で那覇を訪れた機会に、宿を一泊延長した。朝はゆっくりめに起き、体力は充分。今日一日何をしようとガイドブックをめくれば、興味をおぼえるところはいくつかあるが、路線バスで一時間以上、さらにタクシーに乗り継ぐなど、かなり遠く、運転免許を持たない私にはつらい。バスの本数が心配、でも那覇からずっとひとりでタクシーは気詰まりと、考えるうち時間がどんどん過ぎていく。

行動力が落ちたなと思う。出張は同行者がいるか、受け入れ先の手配があるかで、社会生活における年次が上がるにつれ「お膳立て」されることに慣れてしまっていたのかも。

近場で首里城でも歩くかと、ガイドブックをなおも見ていて、ページの隅の情報欄に目が留まる。地元ガイドの町歩きツアーが楽しい、とある。これだ！　即電話して、今から参加できるツアーはあるかと問えば、首里城ではないが市場巡りなら、まだ間に合うと。集合場所へ急いだ。

参加者は私の他女性二人。二人も初対面だそうで、姓だけ軽く名乗り合い、男性ガイドに連れられ歩き出す。

このツアーがとても面白かった。「えっ、この道、通り抜けていいんですか」「こんな狭い階段の上にもお店あるんですか」。ひとりでは遠慮するだろうところへも、地元ガイドとなら入っていける。「建物の前に店を広げている人との権利関係はどうなっているんですか」みたいな、やや突っ込んだ質問もできる。

一時間足らずで終了。その場で、午後のツアーにも申し込んだ。

若いときなら考えられなかった。地図を片手にあくまでひとりで行動し、それだけならまだしも、ツアーの人に対してどこか優越感を抱いていたから、どうしようもないバカである。

ツアーは人間関係が煩わしいかと案じたが、少なくともその町歩きツアーでは杞憂《きゆう》であった。他の参加者ももともとひとり旅のせいか、そこそこテーマ性のあるツアーに来る人のせいか。

午前のツアーの終了時はお昼どきだったが「お昼、どうします？」といった流れにならず、「ありがとうございました」でさっと散開するすがすがしさ。

夕方からはひとり、首里城の周辺をレンタサイクルで回り、地図を片手の旅も健在のことを確認できた。
ツアーとひとり旅とを併用し、今の自分に合った楽しみ方をしていきたい。

一日フリータイム

仕事で行った佐賀で、フリーな一日を持つことにした。那覇以来の試みだ。
今回は事前に計画を立てた。山の方にあるらしい温泉地で立ち寄り湯をし、夕方の飛行機で帰る。現地ツアーに入らずすべてひとりである点で、那覇のときよりハードルは上がる。

温泉地へのバス、空港へのバスをあらかじめネットで調べる。ともに本数が少なく、間違えるとたいへんだ。ネットの情報が現状と異なることもあり得ると、前の晩わざわざバスセンターまで出向き、時刻表を確認した。

当日は三〇分も前にバスセンターに行き、窓口で「×時の温泉行き、×時の空港行き、下さい」と緊張してメモを読み上げる。まるで「はじめてのおつかい」だ。出てきたのは便名も座席番号もない乗車券で、ふつうの路線バスだと知った。

市街地はひたすら平坦《へいたん》で「こんな調子で山の温泉地なんてあるのか」と訝《いぶか》しんでいたら、途中から道は渓谷に沿い、川霧まで出はじめる。水力発電所も通り越し「もしかして乗り過ごしたのでは」と不安になる頃到着。初乗り一五〇円の路線バスで八九

○円、乗客は私ひとりとなっていたと言えば、どきどき感が伝わるだろうか。

　降りてすぐ、次のバスで早々に帰ろうかと思った。小雨のそぼ降る目抜き通りには、平日の昼ともあって、誰もいない。予定のバスまで三時間半も、どうしたらいいか。お膳立てされた旅に、いかに慣れてしまっているかを痛感する。右も左もわからぬ町もぐいぐい歩いた、若き日の自分とは別人のよう。

　とりあえずそば屋で、唯一のメニューである炒めた日本そばを食べ、立ち寄り湯の看板の出ていた旅館で「そろそろおしまいですけど。でもどうぞ」と内風呂に通され、掃除機の音を聞きつつ湯を使った。

　風向きが変わったのは、その後だ。何やら野菜を売っているところへ行くと、町の共同浴場で、お湯もよければレトロな浴槽もすてき。三五○円の入浴券で休憩室も利用できると言われて行くと、畳の上でお年寄りと子どもが熟睡中。ローカル度満点だ。

　さらに歩いてカフェ発見。旅館の女将さんたちが地元の食材で作る定食もあると聞き「ここに先に来ればよかったです」などと、コーヒーを飲みつつ話し込むうち時間になり、思いを残して去ることに。

　ひとり旅再スタートは成功だった。また行きたい。

慣れたところを踏み出して

スポーツジムの別の店舗に、この数ヶ月間ときどき行っている。最寄りの店舗で出たいレッスンのある日と、自分の行ける日とがなかなか合わず、どの店舗でも利用できる会員へ変更した。

通い慣れた店舗とは異なる点がいろいろだ。レッスンでする運動は同じだが、とまどうのはそれ以外。

受付とロッカールーム、ロッカールームと風呂との位置関係。バスタオル一枚巻いたかっこうで、受付に通じる出入口へ歩きかけ、慌てて戻る。浴槽内も、最寄り店舗にはない下からのジャグジーがあって、よく見えない。「タイルの色が、この線だけ違うのは、段差のへりか、それとも単なる模様なのか？」。手すりにつかまり、注意深く足を運ぶ。ついさっきまでスタジオで飛んだり跳ねたりしていたのに。

不文律のルールも気になるところだ。レッスンを待つ場所は？　スタジオには常連さんの定位置があるのか？　頭は忙《せわ》しく状況判断。ルーティンの行動ですまないぶん、脳が活性化されるかも。

定年後に地域デビューした男性の苦労話を、以前聞いたことがある。在職中は地域と無縁だったので、知っている人もなく、完全にアウェイであった。イベントに参加するなど、とけ込む努力はしているが、なんだかどうも空回り、と。

人間関係の微妙さは、最寄りの店舗とは違うジムで私も感じる。はじめの頃言葉を交わしていた女性が、挨拶に反応せず「気づかなかった？」と思うことが数回続いた。通路で真正面から顔を合わせ、挨拶しても目を逸らされるに及び、私はあなたを無視しますという意思表示だとわかる。

えっ、何か空気を読まない行動をしてしまった？　考えるが、思い当たらない。他の人とはそれまでどおり、ふつうに話せる状況だ。

人間関係はできるだけ正攻法でいきたい私は、その人に訊ねようかと思った。私はあなたに失礼なことをしたでしょうか？　そうであればお詫びし改めます。単に私を嫌いなら、お答えには及びません、と。が、何もそう事を構えなくてもいいような。

高校に入学したてのときも新入社員のときも、似たようなことはあった。場が変わるとはそういうもの。すべての人とうまくやろうとしなくていい。なじみの人との仕事が多くなるうち、そのことを忘れていた。

たまにはアウェイな環境に身を置くのも、刺激になっていいものだ。

移住という選択

仕事でひと頃世話になった人について「もう東京にいないらしいよ」と聞いた。退職し、国内で移住したという。出身地ではなく、現役時代に赴任した町。たいそう気に入り、定年後はここに住もうと、前々から準備していたらしい。

そういえば沖縄で参加したツアーのガイドさんも、他県の出身だった。六十代とおぼしき男性で「昔はそこが海岸線だった。ね？　この川で荷物を運んだ。わかる？」。説明を短く切っては念押しし、こちらの理解を確かめながら進めるところに、前職は教員かもと想像した。若い頃はバックパッカーとしてアジアを放浪したそうだから、沖縄で自分らしい第二の人生を送っているのだろう。

私も旅の先々で、ここは住みやすそうだなと思うことはしょっちゅうある。人がせかせかしていないとか、道幅が広く自転車と歩行者のレーンが分けられているとか、物価の安さとかにいちいち感動。「家賃っていくらくらいするんだろう」と電柱に貼ってある不動産の広告を、しげしげと眺めることも。住むなら自動車の免許は必要だろうが、東京の教習所よりとりやすいかもと、かなり具体的なことまで考える。

その割に、実際の引っ越し回数は少ない。今の家は二〇年、その前は一二年住み、しかも同じ市内、同じ駅の徒歩圏内だ。

一昨年、一時転居の話はあった。今の家のリフォームの際、工事の三ヶ月間、業者が六本木のマンションを格安で提供できるという。

胸が躍った。東京暮らしは長いが、ずっと都下の市。山手線の内側はおろか、二十三区内にも住んだことがない。人生初の都心暮らし。夜空にきらめく東京タワーを、間近に見ながら眠りにつけるなんて！

が、その日が近づくにつれ不安になる。食材を調達できる店はあるだろうか。なじみの移動販売の野菜は買えなくなる。ジムは、クリニックは、どうしよう。

結局、倍近い家賃を払って、近所に住んだ。適応力はあるつもりでいたが、自分で思っているより定住志向が強いのかも。加齢も環境を変えることに臆《おく》する方へ、はたらいていそう。

いつか、生活を一から組み立て直してでもここに住みたい、と思う町との出会いがあるかもしれない。それまでは移住は夢とし、今のままの暮らしを続けるつもり。

はじめてのホームパーティー

仕事で世話になった女性が退職し、三人で会社をはじめるという。共通の知人にメールして、これまでのお礼と会社設立のお祝いをしよう、となったが、はて、場所はどうするか。車で動く人たちだが、駐車場のある店は限られる。ましてや、祝う側と合わせ六人で入れる店となると。

いっそ拙宅はどうだろう。近くにコインパーキングがあるし、話も周囲に気兼ねなくできる。ダイニングチェアは四つだが、家じゅうの椅子を集めればみんな座れる。メールの相手に提案すると「ホームパーティーですね！　はじめてですが何でも指示して下さい」。

おお、私はホームパーティーをしようとしているのか。私にも初の試みだ。

女性雑誌にはよく載っている。緑あふれるガーデンデッキで、乾杯のグラスを合わせ、白の麻シャツに発色のいい綿のセーターを肩にはおった美形の夫が、笑顔でサラダなど取り分けている写真。戸建て、夫婦単位とのイメージだが、何もそうとは限らないのだ。計画を立てた。

料理を作るとおしゃべりがおろそかになる。知人の絵の個展を祝うパーティーが画廊で行われたときのケータリングは、よかった。軽食が全部スティックにさしてあって、つまみやすかった。六人サイズだと配達はないそうなので、近くの店舗に取りにいくことで予約。食器は紙皿、紙コップですませ、飲み物はペットボトルをサイドテーブルに置き、好きにお代わりしてもらおう。お酒を飲む人もいる？　ビールやワインは好みがありそうで、悪いがそれだけは持ってきてくれるよう依頼。果物とケーキは、祝う側の残る二人が分担し、費用は後で総合計を三で割ることにした。

準備がほとんどなくて楽と思っていたけれど「当日になって料理ができていなかったら困る」と心配になり、店まで足を運んで確認。前日も先払いするという名目で、再び行ってまた確認。当日は腕に抱えて歩きつつ「今私が転んだら、料理なしのパーティーになるのだな」と緊張した。手抜きのパーティーでも、ホスト役はそれなりに気苦労があるものと知る。結局何かと行き届かず、ケーキを切るのや、果ては椅子を元に戻すのまで、客にしてもらった。

四時間半盛り上がり、はじめてにしては成功といえそうだが、人使いの荒さを許容する客のキャラクターによるのかも。いろいろなあり方を、人の家を訪ねる折に学びたい。

発表会に挑戦

ジムが主催するダンス発表会に出た。参加しているズンバのクラスで先生が有志を募り、自治体の公会堂で三分ほどの踊りを披露するもの。

出場者には通常のクラスの後に特別レッスンがあると聞いて、ひかれた。はじめて一年のズンバだが、ちっともうまくならずにいる。「居残り授業を受ければ、少しは上達するのでは」と。

ジムのロビーでたまたま過去のイベント動画が放映されていたことも大きい。「これなら私にもできなくはないかも」。後で知ったが、それは「百歳まで生き生き」を目標とする健康イベントで、私の出場するのとは別物だった。

ステージに立とうなんて、日頃から最前列で堂々と踊っている人たちかと思ったら、違った。居残り授業に集まったのは、どちらかといえば引っ込み思案な印象の女性八人だ。推定平均年齢五十四歳。メンバーのほとんどがイベント初出場のため、不揃いでもなんとかなる演目を、先生が提案した中から選ぶ。

居残り初日に私は思い知った。ふだん後ろの方で先生の目の届きにくいのをいいことに、いかに適当に踊っていたかを。特に難しいのが、体の前で両腕を揃え大きくCの字を描いて上下に振りつつ、片足踏みをする動き。曲に全然ついていけない。早くも落ちこぼれ、「とんでもないことをはじめてしまった」と暗澹《あんたん》たる気持ちになった。レッスンはスマホで撮影しラインで共有する。私はラインをしていないのでメールで送ってもらい、週四回は見ながら練習。衣装は揃いのTシャツを各自でアレンジすることにした。

　そして迎えた当日。公会堂の更衣室に入ると、そこはみごとにシニア女性の園だった。ラメのスリット入りドレス、シースルーの腰巻きなど、衣装にも力が入っている。発表会に熱心なのがこの世代なのは、私たちのクラスに限らなかったのか。

　本番がはじまってすぐ、ヤバイと思った。この三週間、出張や会合が妙に多くて、ジムに行けずじまい。居残り授業も最後の方は欠席した。振付は自主練で覚えてきたものの、根本的に運動不足。曲の半分もいかないうち息が上がり、足が動かなくなる。後は笑顔でそれらしく見せるしか……。

　メールで送られてきた終了後の記念写真には、疲れた笑顔の私がいた。ステージ度胸はあったが、体力はなかった。もっと励もう。

ダンスの衣装を作る

ダンス発表会に挑むにあたり、当初忘れていたのが衣裳のことだった。練習は、チームの足を引っ張ってはいけないから、否応なくする。踊るのは一曲のみ、時間にして三分なので、繰り返すうち、まあまあ様になってくる。「後は衣装ね」と先生。そう、私は基本をおぼえるのでいっぱいいっぱいだが、目標はあくまでもステージでの披露なのだ。スポーツというより文化祭の準備みたいになってきた。

お金をかけないのが先生の方針で、色だけはハデなTシャツを、安くすむよう人数分まとめ買いしてきてくれる。男女兼用のワンサイズらしく、参加者の誰にとっても大きいが「これを切るのよ」と先生。どうやって？

ひとりがスマホで「Tシャツの切り方」と検索すると、出てくる、出てくる、たくさんの動画。こんなことまで動画を上げる人がいるのかと驚くが、それくらい一般的に行われていることなのか。

動画の主はいたって無造作に鋏を入れる。袖をまず切り落としたら、後ろ身頃の中心線に、横六センチほどの切り込みを、上から順に二センチほどの等間隔でつけていく。上から二番目の切れ込みを、あやとりのように一番目の切れ込みにかけて、三番目の切れ込みを二番目に……と同様のことを下へ下へ続けていくと、輪っかをつなげたような網目が縦にできる。引っ張られるので、縦横が縮むが、きつく編むかゆるめに編むかで調節可能。いちばん端は、玉結びで留めるだけ。針も糸も使わず、こんな加工ができるなんて！

　家の床にTシャツを広げ、裁ち鋏を握り、唾を呑む。服を切るなんてはじめてだし、失敗したら替えがない。じょりっと布を裁つ音と、鋏が床に当たる響き。最初の一刀を入れたら後には退けない、突き進むのみ。動画の記憶を頼りに、ひたすら鋏と指を動かす。

　玉結びまで完遂し、両肩を持ち垂らしてみたら、それらしくできている。成功だ。余った袖の布でコサージュを作ったのは、動画にはなかった創意工夫である。四角にした布の両サイドから切り込みを入れ、まん中を強く結ぶだけ。

　試着すると背中が詰まった分、胸やお腹がだぶつき、丈もアンバランス。前にも切り込みを入れることにする。「く」の字の編み目を左右一本ずつ、ウエストがくびれる形に向かい合わせでつけていく。あきすぎている脇も、肩も、と切り刻んでは編んでいくうち、原型を失い、単なる襤褸のようになってきた。ステージで踊るうち、三分間もたず分解してしまうのでは。

幸い、その悲劇は起きず、発表会は無事終了。ダンスはうまくならなかったが、Tシャツの加工は実は結構、得意かも。

最後は笑顔

「信じられない。そういうことは絶対しそうにないのに」。話すたびに言われるのが、ダンス発表会に出たことだ。

　発表会へは初出場であるのはむろんのこと、ズンバそのものが初心者の段階。目標を持つことで少しでもうまくなればと、おそるおそる申し込んだ。

　公会堂の更衣室でまず圧倒される。会議室のテーブルを中央に集め、周囲を着替えのスペースとした、急拵《きゅうごしら》えの更衣室だが、テーブルのぐるりに出場者が張りついて、念入りにメイク中。衣装も凝っていて、このために材料から調達したと思われるドレスやパンタロンスーツなど。Ｔシャツに切れ目を入れただけでは、簡単すぎたか。

　出場者はほぼ同世代で、年齢的な気後れはないが、ステージにかける意欲が違う。「メイクが薄い」と先生に指摘され、自転車で家にとって返し、倍の濃さにし、近所の人に見られないようサングラスをかけ、急ぎ戻った。

　リハーサルで私たちの前のチームが、スポットライトを浴びて踊るのを、舞台袖で見つつ思ったのは「年齢は髪に出るのだな」と。皆さん、ダンスに習熟しているだけあり、細マッチョと言おうか、贅肉はなく動きもキレッキレ。が、パーマとカラーを繰り返してきた髪のやつれは、容赦なく照らし出される。むろん私も同様だろう。

いよいよはじまり。私の出番は後の方なので、ベリーダンス、フラダンス、ラテンダンス、インド舞踊と、ステージが進行していくのを、客席で鑑賞しながらまたまた思ったのは「顔がこわばっていると、うまい人でもぎこちない印象になるのだな」と。

もとより動きのおぼつかない私。衣装でも髪でもごまかしが利かないとなると、後は表情ではつらつと見せるしか……。とにかく笑顔で！　それだけを念じて、三分間のステージを乗り切った。

人に言われるまでもなく、自分でも嘘のようだ。私がまさかダンスとは、しかも人前で披露するなんて。「人って変わるものね」と言うと、やや退いた感想になるが。最後は笑顔が頼り。そのことは変わらないと確認できた。

サボってみれば

家で仕事をしていた日曜日。午後四時を過ぎて、焦りはじめた。通っているジムのプログラムが五時からだ。四時半には仕事を終わらせないと。刻限が迫り「あー、だめだ」。机に突っ伏す。出張でもない限り参加すると決めているプログラムだが、あきらめた。

休んでみれば、なんて楽。仕事は五時過ぎにあっけなく終わり、洗濯物をゆっくりたためる、陽のあるうちに夕飯の買い物にも行ける。運動の後ジムで風呂まで入ってきて、それから買い物して作ると、どんどん遅い時間にずれ込む。最後の方は、翌朝起きるべき時間から必要な睡眠時間を逆算し、追われるように一日を終えるのが常。

「私に欠けていたのは、ゆとりってヤツだな」と思った。

週末を親の介護に当てていた五年間がかつてあり、それがなくなると「なんて時間があるのだろう」と感動した。ジム通いをはじめたのも、そのときから。が、しだいに押せ押せに。前よりも時間があると思うと、仕事をつい請け負ってしまうのと、また、仕事に予定より時間のかかることが多いのだ。

五年の間に自分もまた年をとり、時間当たりの生産性が、前より落ちているのだろう。結果、直前まで机に張りつき、速攻でジャージに着替え、シューズを入れたバッグを肩にとび出していく（ジムで着替えるより、傍目を気にしないぶん、その方が早い）。授業と部活のみに明け暮れる高校生のようである。

三十代の頃同世代の女性で、会社帰りに毎日健康ランドに行っている人がいた。夜十一時近くまで残業した後、垢《あか》すりサウナやマッサージで疲れを癒やし、タクシーで帰宅し、翌朝九時には出勤。バブルな時代背景もあるだろう。「馬車馬のように働き、王様のように遊ぶ」がモットーだと言っていた。今は連絡をとっていないが、当時と同じような詰め込み式の毎日は送っていまい。体がついていかないはず。日曜のプログラムをサボってみて、月曜の体が軽いことに気がついた。運動は楽しいけれど筋肉痛は残るし、運動の時間をとるための寝不足も引きずって、重たい体で過ごすことが、これまでは結構あったなと。勤勉が習いとなっており、決めたことは守りたい方だが、何もいい年をして高校生のような時間割を組み、そのとおりに動くこともないのだ。

ゆとりを設けることを、これからは心がけたい。

生きていくって自転車操業

まる一週間ジムを休んだ。風邪ぎみのため運動を控えていた。

諸症状がおさまって再開。軽く汗をかいた後、風呂に入って、いつものように体重計に乗り、愕然《がくぜん》とした。体脂肪が二パーセントも増えている！正確には二ポイントか。前回測定した体脂肪率のパーセントを、今回のそれから引いた差が二である。

いずれにせよ驚きだ。この間、暴飲暴食したわけではない。食べる量は変わらず、風邪ぎみのこととて消化のよいものを心がけたので、油分はむしろ少なめだった。たった一週間運動しなかっただけで、こんなにも増えるとは。日頃「私の体はだいたいこれくらいの線を行っている」と思っていたものは、たゆまぬ運動あって、ようやっと保たれていたらしい。

学生時代の体重測定を思い出す。年に一回の健診が近づくとクラスの女子は、十日ほど前からスイーツをがまんする。健診がすむや、禁が解かれたように生協のカフェへ直行。パフェやケーキを心ゆくまで堪能する。

クラスの男子は呆れて言った。「幻の体重じゃないか。ほんとうの自分と何の関係もないじゃない」。たしかにケーキ断ちをやめたら、たちまち消えてしまうもの。

ジムでよく、何週間で理想の体を作る、といった特別プログラムを宣伝しているが、あれだって、その後何もしなければ、いっときの達成に終わるだろう。維持するには、続けていないと。要するに自転車操業？

体重や体脂肪に限らない。これはもう誰もが感じているだろうが、ワープロを使いはじめてから、昔書けた漢字があきらかに書けなくなった。「滑稽」の「稽」を例にとれば、形のイメージは「階」に似ているんだよな、とか、右側は「旨」みたいで、でももうちょっと複雑なんだよな、とかまではわかるのだ。その先の細かな部分が出てこない。

電話番号なんかも、昔はよくかける十ヶ所くらいのは諳《そらん》じていた。携帯を忘れたある日、公衆電話からダイヤルし、ふだんしょっちゅう話している姉の番号を間違え、動揺した。加齢による記憶力の衰えのせいではあるまい。短縮ダイヤルや着信の返信ばかりで、覚えようとしていないのだ。

生きていくこと全般がたぶん自転車操業。少々おおげさだが、そのように心得て、できる限り実行していこう。

八割がベスト

めずらしく風邪を引き、やれやれ治ったと思ったら、次なる不調が待っていた。腸が動きを止めてしまうイレウスというもので、腸の手術をした人にありがちだ。私も手術経験者だが、一七年も前になるので忘れかけていた。鈍い痛みをおぼえて受診すると、イレウスのなりかかり。この段階だと入院せず、絶食と腸の動きをよくする薬の服用とで治すことが多いという。その方法をとることにした。

絶食か……。ふだん「私から食欲をとったら何も残らない」が口癖の私だが、残った。抜け殻のような自分である。入院せずにすんだ以上、日常生活はそれまでどおり営んでいるが、われながら覇気がないような。定例の会議に出席し、発言もするけれど、声にいまひとつ力が入らない。椅子に座っていて、脇腹に何か固いものが当たるなと思ったら、タグ付きのままシャツブラウスを着ていた。そんなことにも気づかなかったとは。

プチ断食をすると感覚が冴え頭脳明晰になるという、著名人の話をよく聞くが、私の場合逆らしく、全体にボーッとしている。修養としての断食と療養としての絶食は違うのか。痛みを常にがまんしているせいもあるのかも。

飲料で糖分と塩分はとっているが、エネルギーは不足するのか、会議に向かう地下鉄駅の、いつもは難なく上れる階段でも、地上に出るや膝に手をつき休む始末。もうちょっと長い階段だったら、途中で立ち止まらずにいられず、渋滞を引き起こしていただろう。

不足分のエネルギーは筋肉からとり崩している感があり、腿の裏など早くも落ちている。治ったらまた、一から体を作り直さねば。

何ができない、ということはないが、すべてがちょっとずつ後回しだ。出欠を問う返信はがきも、丸をつけて住所氏名を書くだけのことが、とても億劫《おっくう》。床の埃を横目で見ながら「掃除は今日でなくていいな」。したいことの八割達成で、日々が過ぎていく。

「強者の論理だったかなあ」。いつでもベストを尽くしましょう的な、最近の言動を省みる。ベストを尽くしたくても尽くせないときがある。手術後間もなくは、まさにその連続で、自分に求める基準を修正したはずなのに、一七年も経つと、これまた忘れかけていた。

幸いイレウスは全快したが、不調でなくても思うように力の出ないことが、この先たぶん多くなる。「かつての八割が今のベスト」と考えよう。

はからずもモノ減らし

寝る前にたんすの引き出しを開けて、ネックレスがふと目についた。大ぶりのネックレスで、海を想起させる色彩だ。ブルーの半透明の合成樹脂と、同系色やシルバーを施した木製のパーツをつなげてある。

色彩からして夏のもの。ひと夏着けなかったから、この先も出番はないかも。処分するかどうかは、鏡の前で実際に身に着ければ判断できると、よくいわれる。して見た瞬間「あ、だめだ」。

早まるな。さきの判断の仕方の教えには「いつものメイクをして」という条件がついていたような。ノーメイクのくすんだ肌、おまけに髪もぼさぼさでは、どんな装身具も似合うまい。

いや、さらに冷静に。似合う似合わない以前に、重さの問題があるのでは。着け直すと、かけた瞬間、首から肩へ響くものがある。そういえば、これを着けて外出していた頃も、最後の方は、帰りには外してバッグに入れていた。重いと、それだけでもうしないのだ。

引き出しには他にも、大ぶりのネックレスがある。これと同様、合成樹脂や木、革、布などでできたもの。一五年来カジュアルウェアを買っている店があり、服とともにディスプレイされていた。きれいな色が服を引き立て、気分も高揚するので、服といっしょに購入し、コレクションしてきた。

これなんかは秋向きではとパープルとゴールドのを着ければ「わっ、まるでだめ」。さっきのよりもっと重い。試しにキッチン秤に載せると八三グラム。さきのブルーのが五八グラムだから、論外である。

「こうなったら」と、大ぶりネックレスのすべてを着けては計測した。結果、耐えてもいいと思える重量は五〇グラムというラインが出た。この夏も割とよく着けていたネックレスは、わずか一三グラムだったから、快不快の原則には正直なものだ。

「好きなんだけどなあ」「雰囲気はすごくいいのに」。耐荷重量を超えるものを、惜しみつつ眺める。あのデニムのワンピースに、あの白シャツにと、コーディネートまで思い浮かぶが、でももう着けることはなかろう。趣味は変わっていなくても別れは来るのだ。

六点処分。モノ減らしするつもりはなかったのに、引き出しは空いてしまった。最長で一五年愛でたから、心残りはないとする。

お金の専門家に言われたこと

老後の話を同世代の人とすると、行き着くところはたいてい不安と思考停止である。自立しての生活が難しくなったら施設に入らざるを得ないだろうが、民間の施設は高いというし、そんなお金はないし、そもそも何歳まで生きるかわからないから考えても仕方ない、と。打開策を探りたく、本の取材の機会を作り、ファイナンシャルプランナーさんに会った。

内容の詳細は本の方に書くが、お金以外の話で印象的だったひとことがある。あなたは今、高齢者のために何かしていますか、と。自分がしていることは、将来人もしてくれるだろうと思えるものだという。

帰る道々その言葉を考えた。

端的に答えるなら、否だ。まったくしていないわけではないが「小さな親切」の域を出ず、それも晩年の父がしてもらって助かったことの範囲にとどまる。乗り物で席を譲ってもらった、手すりにつかまりやすくしてくれたなど。それらは割とふつうにできるし、そうした援助を得られない高齢者が近くにいると、かなり気になる。

先日は満員のコミュニティバスで小学生の女の子が、すぐ前に杖《つえ》をついた高齢者がいるのに、鞄を脇に置き二人分の席を占めてスマホを操作していた。子育てをしなかった私は、子どもに声をかけることにためらいと緊張がある。子どもとはいえ見知らぬ人にいきなり「です・ます」抜きでいいのかなど距離感がわからない。が、このときはそんなことで迷っている場合ではなく「その鞄、膝に乗せて」と言っていた。

そこそこ長い時間乗る電車で、疲れてどうしても座っていきたいときは、席を譲らざるを得なくなる確率の少ない、七人がけのまん中など奥の方の席を選ぶのだから、親切心といえるかどうか。

国民年金は自分が受給できるかどうかわからないけど、世代間の支え合いとも聞くので払い、税金も納めている。特に困難な状況にある人には、寄付をしている赤十字社がうまく分配してくれるだろうから、義務は果たしているつもり。父の介護では、ケアマネージャーさんや訪問看護師さんにお世話になり、とても感謝しているが、介護保険の制度に則《のっと》ったもの。「小さな親切」を除いて、生活そのものは、制度の利用と自分の備えでなんとかするほかないと思っていた。

それは貧しい発想なのか。

ファイナンシャルプランナーさんの問いかけは、ずっと胸に残っている。

たまには勉強

「少しは英語ができないとマズイのでは」という思いに、発作的にとらわれることが、前はときどきあった。突然、参考書を買ってきて、読みかけで終わったものが何冊もある。

この頃は英語はもうあきらめているが、書店に行くと、似たような衝動がむらむらとわく。「たまには勉強しないとマズイのでは」。何かしら本を買ってくるけれど、若いときと違ってなかなか頭に入らない。線を引き引き一日数ページずつ。次に続きにとりかかり「こんな用語、突然使われたって、わかりっこないじゃない」と憮然《ぶぜん》とすれば、前に読んだところにすでに出ており、線まで引いてあって、愕然に変わる。こんな調子で読み終わる日が来るのかどうか。

シニアになってから学校に入り直し、人の何倍もかかって卒業したといった例を聞くと、ほんとうに敬服する。勉強はいくつになってもできるが、時間はかかる。

知り合いで速記を学びはじめた男性がいる。会合で速記者の近くに座ることがよくあり、長短の線をあっち向けこっち向け書いているのを見て、どういうものかと興味を持った。

速記符号をなんとか覚え、腕試しに家族に「何か言え、書きとるから」と促しては、追いつかず「ちょっと待て」。妻からは「遅記」と揶揄《やゆ》されているそうだ。ＩＣレコーダーの時代になんでわざわざ速記、今から速記者になれるわけでもあるまいにと、娘にも呆《あき》れられるが「わかっていない」と首を振る。

この頃は車内放送を耳にしても手が動き、消しゴムのかすを目にしても、音に変換し、たまたま卑猥《ひわい》な言葉になっていると、ひとり赤面してしまうという。

向学心からはじまってかなりマニアックな世界に入っていそうだが、気持ちは少しわかる。何かのためにするのではない。知らないことを知るのは面白く、それじたいが快感なのだ。私が線を引き引き読む本も、まさにそう。

学びは本能に近いところの欲求かもしれない。衣食の充分でない国ではじめて学びの機会にふれた子どもたちの表情を、ニュース映像などで見るとそう思う。学びによって目標が生まれ、実現のためさらに学ぶ、という発展はもちろんあるが。

今の私は目標はないだけに、学びの原点に戻っている気がする。

謎のお宝

わが家に謎の香炉がある。かすかにではあるが、ずっと気になっている。緑、黄、濃紫で彩色された焼き物で、大きさはやかんくらい。四本の脚に、二つの持ち手が付いている。胴体には蓮の花とつる草のようなものが彫られ、蓋は透かし彫りになっており、獅子だか麒麟《きりん》だかのつまみがある。三十代で今の住まいを購入したとき、母から譲り受けたのを、リビングの出窓に飾っていた。

リビングは仕事上の応接間も兼ねている。来客で焼き物に関心のある人には「変わった器ですね。何ですか」とよく言われる。ある男性は、香炉にしても家庭の仏壇で使うには大きすぎると、指摘した。

それもそのはず、中国のお寺で使われていたと聞いている。母方の祖父が大正年間に旅順で医師をしていたとき「お坊さんが苦しんでいます」と呼ばれて往診した。処置したところすぐに快復。治療費の代わりに、その場にあった香炉を渡されたと。蓋の裏側の煤《すす》けた跡が、実際に使われていたことを物語る。

そうした逸話は残っていても、いつの時代にどこで作られたものかは不明である。そもそも祖父は母が生まれる前に亡くなっており、私には「伝説的過去」に属する人の遺物なのだ。陶磁博物館も訪ねたが、似たものに出会わない。

「どうしたらわかるでしょうか？」。サイズ問題を指摘した男性に相談すると、回答はすぐに行動につなげられるものではなかった。鑑定に出すと何万円もかかるし、古物商への持ち込みは買い取りが前提であって、ただ見てもらうわけにいかない。どちらの場合も、誰に依頼するかの判断が難しいと。テレビのお宝鑑定番組に応募する人の気持ちがわかる。家の近くの公会堂に来たら、私も申し込もうか。

そうこうするうち東日本大震災が起き、落ちてはたいへんと、箱に入れ戸棚にしまい込んだ。

この頃はますます気になっている。年をとるにつれ、先祖への思慕がましたのか。母もそのきょうだいも全員が世を去った。残された物について知ることが、彼らを偲ぶよすがになれば。割れては惜しいが、このましまい込んでいても仕方ない。思いきって売却するか寄贈するか。が、それには何焼かくらい言えるようでないと……と、またそこへ戻る。

粗末にはしたくないけど、ちょっと困ったお宝。皆様のお宅にはありませんか。

母の通った小学校

機会を得て、母の出身地である城下町を訪ねた。所用を終えて、城の周りを散策すると、小学校の名におぼえがあった。母が通ったか、あるいは家が近いので遊んだところとして、聞いたことがあるのだろう。門は開放されており、反対側にも門があって、地元の人はふつうに通り抜けている。私もつられて入ってみた。

校庭のすみには、遊具のタイヤが設置されている。立てて下半分を地面に埋め込み、一列に並べたもので、跳び箱のように開脚し連続で跳ぶのである。私も小学校の頃よく遊んだ。

おそるおそる試すと、内股《うちもも》をしたたかに打ちつける。勢いをつけた方がむしろいいようだ。三つ越えて、息が切れた。子どもの頃で身が軽かったとはいえ、全速力で助走し、手をついた瞬間開脚して着地することを、十いくつものタイヤで、よく続けてできたものだ。時の流れを感じてしまった。

母の時代はむろんタイヤはなかっただろう。この築山《つきやま》は、松の大木は、城に面した御成門のような門はあったろうか。そもそも母の時代は戦前だから、今と同じ「小学校」という呼び方ではないはずだ。母は大正十五年の生まれである。

　大人になってから母はここを訪ねたことがあっただろうか。戦後すぐ親とともに東京に移り、世の中の混乱や生活の立て直しで、それどころでなかったのでは。少なくとも私が生まれてからは、いちども来ていない。ふるさとの土を再び踏まなかったのが、母のし残したことであり、すなわち私のし残したことだ。自分のためにお金を使うことのなかった母の思いを汲みとり、連れ出すのが私の役目であった。

　し残したことで思い出すのが、お金の専門家からいわれた言葉。高齢者のために何かしているかとの問いに加えて、ある程度の年になったら次世代のためになることを考えるようにと。子どものいない私が、次世代にできることって何？　よその子の前でも交通ルールを厳守するとか？　環境資源を受け渡すため、ごみを減らすとか？

　母のゆかりの校庭に立ち、戦争と教育という着想が、ひと粒の種のように胸に落ちてきた。母の時代は、進学の機会が男子と同じではなかった。女子専門の教育機関に母は進んだが、戦争で中断。その学校が空襲で焼け野原になった写真を見たことがある。たった一世代の前の人の話とは思えないほどだ。

　そこから私の連想は、単純ではあるがユニセフへ行った。子どもと戦争と教育ならば、そこだろうと。ネットで調べ、ユニセフのマンスリーサポート（月々の定額寄付）を私は勘違いしていたと知った。ひとりの子の教育費を支援するものと思い込み「私も先々何があるかわからない。責任が重すぎる」と躊躇《ちゅうちょ》していたが、そうでなく、ユニセフの方で割り振ってくれる。画面の案内に従うと、ネットショッピングと同じ感じで寄付できていた。拍子抜けするほどの手軽さだ。

私の胸には今、小さな種がたしかに根付いた安心感のようなものがある。母に対し、し残したことの後悔はなくならないが、これはこれで枯らさず水を遣《や》り続けていきたい。

音の記憶

近くまで用事に来た人を、家へお連れすることにした。夕方遅めの時間のことに恐縮しながら、リビングのソファに落ち着いたところで、驚いた顔になり、「庭に機械か何かあるんですか?」。きゅるきゅると連続的な音がしていると。

カーテンと窓を開ければ、庭に満ちるのは虫の声。「えーっ、マンションでも一階だとこんなに虫の声がするんですね」。無機質な建物や玄関前の舗装面からは、想像していなかったらしい。

私は私で思いがけない。驚くほどの音だとは。聞きようによっては、金属製のベルトが回転する音に似て、機械と間違えるのも致し方ないが、私にとっては毎晩である。音のしていることそのものが意識の外だった。

夜ひとりで改めて聞けば、たしかにかなりの音量だ。寝室の壁には、ベッドの真上になるところに換気口があり、枕に頭を載せるとまるで、耳元で鈴を振られるようである。私は慣れっこだけれども、知人にここで寝よと言ったら、たぶん眠れないだろう。谷間《たにあい》の温泉宿に泊まったとき、川音が気になり寝つけなかったが、それと同じ。

はじめての人には耳につくが、ずっといる人には当たり前になっている音。そして後になって回想されるのは、そういった日常的な音なのだ。その音を背景としていた生活の記憶を伴い、よみがえる。

この文章を書きながら思い出すのは、虫しぐれとは似ない機械音。乾いたものを等間隔ではじくような、規則的で単調な音である。

狭い路地の風景を、その音は連れてくる。二十代のいっとき勤めていた事務所の周りだ。家族経営の小さな製本会社が、その一角には多くて、前を通るといつも、紙を機械で綴《と》じているのだろう音がした。三〇年近く前のこと。

もっと昔に遡れば、幼い頃のたぶん明け方。土鳩の鳴くくぐもった声が、雨戸を通して聞こえ、薄目を開け、家族の寝る布団が変わらずそばにあるのを確かめ、安堵《あんど》して再び目を閉じたものだ。もう五〇年も前のこと。

五〇年後の自分はさすがにいないだろうけど、二〇年、三〇年後、どんな音を思い出すのだろう。生きてきた長さの分、音の記憶の蓄積がある。この家で聞く虫の声も、その中に含まれているに違いない。

いつか別れはくるけれど

国産家具の好きなメーカーがある。日本の住居に合わせた小ぶりの洋家具で、木目を活かした塗装に、鳥や花の彫りを施し、懐かしさと温もりが感じられる。

家具はもう増やせないが、同じメーカーの小物を少しずつ揃えていくつもり。カタログには、今使っているレターラックの他にも小物はまだまだあり、折にふれめくっては夢をふくらませていた。

先日近くの百貨店の催事場に、そのメーカーが出店していた。店員さんにレターラックの話をすると「小物はもう作らなくなったんです。そのレターラックも生産終了品ですよ」。たしかに新しいカタログからは小物類が消えている。

帰宅後レターラックを改めて眺める。わが家ではリモコン立てとして利用しており、出し入れの際に当たるふちの塗装は剝げている。いつかは板が割れるかも、接着剤で直せなかったら買い替えだな、と思っていた。でも、再びは出会えぬ品となったのだ。少しずつ揃えていくどころではない、今あるものが壊れ、修復不能になったら、そのときがお別れだ。

「お別れ」なんて言葉が自分の中から出てきたことに驚き、たかだかモノの話なのにこのセンチメンタルな反応は何？　ととまどった。

室内を見渡せば、そのメーカーの家具や小物以外も、少しずつ揃えてきたものばかりだ。サイドボードにある鳥の絵柄のティーカップも、年に一客ずつ、自分の誕生日に購入した。「ひとつとて、思い出のあらざるはなし、だな」と文語まで動員して、感慨にふける。

将来施設に入るとしたら、これらのほとんどは持っていけない。まさしく「お別れ」のときが来る。介護は施設より在宅で、というのが、前はピンと来なかった。住み慣れた家も年をとったら危険かも、それより安全な環境とプロの見守りのある安心を、私は選ぶな、と。が、その一方で、愛着あるモノと暮らしたい。すると晩年の父を介護の都合で、多くのモノから引き離し、私の近くへ呼び寄せたのは、本人の気持ちとしてはつらかったのかと、考え込んだ。

が、悔やんでも仕方ない。あれはあのときにできる最善だったと思いたい。そして自分は、いつかは「お別れ」するとしても、なるべく長く家で暮らそう。そのためには健康寿命を延ばすことと、決意を新たにしたのだった。

気になる墓じまい

午後の電車で吊革に摑まりぼうっとしていると、天井近くの広告が目に入る。都心のお墓、宗教不問、パーソナルタイプで一〇〇万円といった内容だ。

都心でその価格は、土地付きではあるまい。納骨堂というか、ありていに言えばロッカーのようなところに置くのだろう。ファミリータイプで二〇〇万円、個人用でもなぜか女性専用は五〇万円。

前に韓国ドラマを見ていたら、ヒロインが幼い頃に生き別れた親をようやく突き止め、涙、涙で訪ねたお墓が、ロッカー式だった。スイッチを操作すると、機械式駐車場のような感じで、お骨と位牌《いはい》めいたものが運ばれてくる。親孝行で知られる韓国でも、この方式は、充分に「あり」なのだ。

墓の話は、きょうだいの間でときどき出る。親の墓は都心のお寺にあるけれど、あるとき半年ぶりに行ったら、墓地の半分が駐車場に変わっていた。うちの墓もやがてはそうなる。

きょうだいは私を含め三人。うち一人に子がいるが、墓守の責任を負わせるのは気がひけるし、その子が子を持つとは限らない。ならば私たちの代で「墓じまい」しようかと。その先は未定だが「何々家と石に刻んだようなお墓は、なくていいよね」という方向になっている。

お墓がなくていいならば自然に還る散骨を、という考えもあろう。きょうだいからその案が出たことはない。身近で親の散骨をした人がいて、いろいろ聞いていたからだ。

親は晩年沖縄へ移住しており、遺言に従い、親のこよなく愛した沖縄の海に散骨することにしたが、茶毘《だび》に付したお骨をそのまま撒《ま》くことはできない。業者に依頼し、粉末にして水溶性の袋に入れる。撒くことそのものも、観光フェリーや地元の人が日常の足としている定期船のすみっこで、というわけにもいかず、一艘《そう》まるまるチャーターし、海水浴場からも漁場からも離れた沖まで出るなど、段取りと時間とお金が要ったと。自然に還るのもたいへんなのだ。

広告を見ながら考える。私ひとりなら五〇万か一〇〇万のだが、頑張ってファミリータイプにし親きょうだいも入れるようにして、懸案の墓問題をいっきに解決するのも手かも。年金暮らしになってからはつらいが、収入のある現役のうちならできなくはない。

今度の墓参りのとき、きょうだいに話してみようかと思いつつ揺られている、昼下がりの電車であった。

高齢のお隣りさん

自宅のリフォームの三ヶ月間、UR都市機構の賃貸に住んでいた。入居の日、隣へ挨拶にいき、玄関ドアが開いたそこは、下駄箱の前まで段ボール箱が。七十代半ばとおぼしき女性。別の棟から引っ越してきたばかりという。この団地が住みよく居ついているが、もっとも新しく設備も便利なこの棟が、空くのを待っていたとのこと。ひとり暮らしだそうである。

少し意外だ。この棟の賃料は月々約一七万円。年金収入では苦しい額だが、わざわざ高い方へ移るとは。そこそこ資産のある人かも。下駄箱は入居者の私物だが、さきほど見えた限りでは、家具調のかなり良さげなものだった。

一七万円払えるなら、もう数万乗せて高齢者施設で暮らす方が安心では、とも思ったが、施設だと月々の利用料の他に入居一時金も要る。そこまでの資産はないのかも。人の懐状態を探るようで悪いが、年とってからの住まいは関心事なのだ。

ある日、駅からのバスを降りてきたお隣さんを目撃した。めずらしく口紅をつけストールなど巻いて、百貨店の紙袋を提げている。ときどきはおめかししバスに乗って買い物に出かけるといった、生活を楽しんでいるようだ。

別のある日、夜中ベッドルームにカメムシの出た私は、和室へ布団を引きずっていって寝た。するとどこからか話し声。二時、三時になってもずっと。出どころをたどって、わかった。お隣のテレビが畳を通して響いてくるのだ。晩年の父もテレビをつけっぱなしで寝ていた。音のする方が安心して眠れるらしい。買い物を楽しむゆとりと、静けさを嫌う孤独と、どちらも、ひとりの七十代女性のリアルなのだ。

入居者向け冊子を改めて読むと、URは高齢者への支援が充実している。手すりの取り付け、相談員の巡回、提携業者による人感センサーを設置しての見守りサービス、階段の上り下りが困難になった場合の一階住戸へのあっせんなど。

入居のときから高齢を理由に断ることはなく、むしろ優先的に対応しており、保証人も不要。知人の七十代女性は、民間の賃貸で住み替える際、その二点でとても苦労していた。更新料も不要なので、長く住み続けても負担が少ない。低所得の高齢者への家賃減額措置もあるという。

自宅で長く暮らし続けるためにも、高齢者を支えるしくみのある住まいが増えてくれるよう願っている。

年をとっての贈り物

十年ぶりに訪ねた地方都市で、用事がすんだ後、帰りの飛行機までの間、自転車を借りて町を回った。

「あの店はここから割と近いはず」と思い出す。前に来たとき偶然通りかかって立ち寄った古道具店だ。自宅玄関を改装したらしき狭い店で、皿を購入し、配送伝票を書いている間、緑茶を淹《い》れて下さった。父より少し年下と思われる、ものしずかな「おじいさん」。「家内もこういう色絵が好きです」などと話していた。伝票に残した住所をもとにお礼と季節の挨拶の葉書が来たが「でも、もうないかもな」。

私の住んでいる町にもかつて、似たような構えの古道具店があった。高齢の男性が道に出した台に器を並べていた。父の愛用の皿と似たものがあったことから会話がはじまり、ひと頃は足しげく通った。父の年を聞かれて答えると、自分の方が三つ上だとか、お父さんの好きそうな皿を蔵から持ってきておくとかと言っていた。

ひと月ほど間が空き、次に行くと、話がどうもかみ合わない。やがて気づいた。私のことを忘れているのだ。表情に乏しく、動作も緩慢になっていて、急速な衰えに驚く。ほどなく店はなくなって、諸行無常を感じてしまった。

この町の店の人の方が若そうではあったが、年は年。十年も経てば、どうなったものやら。そもそも場所の記憶からして定かでないのだ。そのまま帰るつもりに、いったんはなった。「いや」。ブレーキをかける。私も次にいつ来るかわからない。後悔のないよう、探すだけはしてみよう。自転車の向きを変える。

住宅地の中の、この辺りではと思う細い道へ折れ、小さな看板があったときは、奇跡だと思った。十年前に云々と言うと、先方も覚えていて「どうしておられるかと、家内とときどき話していました。遠方からのお客さんはめずらしいので」。以前と同様、緑茶を淹れて下さる。前から「おじいさん」だった印象のせいか、この間にそう老けた感じはない。

小皿を買って自転車の前かごに入れ「どうぞお元気で」と出発。曲がり角で振り返ると、店の前にまだ立っていた。別れを惜しむほどの交流ではないけれど、何らかの感慨が先方にもあるのだろうか。

人生も味わい深いものになってきたなと思う。互いに「お変わりない」と確認できた。それだけでしみじみしたうれしさが胸に残る。年をとることの贈り物といえそうだ。

あとがき　未知がたくさん待っている

人生後半について最近大きな影響力を持ったものといえば、五木寛之さんの『孤独のすすめ　人生後半の生き方』（中公新書ラクレ）でしょう。同じ出版社だから言うわけではなく、部数が物語っています。

人生後半を下山に譬えているのはさすがです。たしかに上りよりも転びやすいし、疲れもたまっているので注意が必要。ミスの多発や体力の低下を感じている今は、まさにそう。でも必死で上っているときには目に入らなかった景色が見えるようになる、と。

どこからを後半とするかは、人によって違うでしょう。無理が利かなくなったとき、定年が視野に入ってきたとき、長年の勤めを終えて時間にゆとりができたとき。私で言えば、二人の親を見送ったあたりです。虚脱感の中にも肩の荷を降ろしてホッとする感じがありました。間もなくして受けた検査の結果がおもわしくなく「これからが人生の次のステージと思ったところで、いきなり寸詰まりになってしまうのか⁉」とうろたえ落胆しましたが、それは早とちりで、幸いにも健康のうちに今日まで来ることができました。

上りの延長のようなことも、依然あります。四十代の女性誌の現役感に満ち満ちたファッションにはついていけないものを感じる一方、お肌の若返りを期待し美容医療へ。新しい経験もしています。半日ツアーへの参加、ホームパーティー、挙げ句はダンス発表会。ズンバと私の組み合わせは、私を知る誰にとっても意外なようで、たまたまズンバの動画を見た人は例外なく驚愕のメールを送ってきます。ダンスと聞いて社交ダンスのような優雅なものをイメージしていた、と。下山の景色にしてはあまりにも落ち着きがない。介護が終わったからこそ出会えたのには間違いなく、山に譬えれば下りはじめたところで人が元気に泳いでいる池があって、つられて飛び込んだら爽快だった、という感じ。年齢的に折り返し点を過ぎたのは疑いないことですが、小さなヤマ場はまだまだありそう。

この本に収めた文章は日本経済新聞の生活情報面に連載したものが中心です。連載のタイトルは「人生後半、はじめまして」。生活情報面の編集部がつけて下さいました。提案を受けたとき、一も二もなく同意しました。人生後半は終わりに向かっていくだけではない、未知のことがたくさん待っていて、とまどいながらも、好奇心と楽しみにする心を持って進んでいきたい。私の気持ちにぴったりなタイトルをいただいたことに感謝します。連載はこの本の出る今も継続中。「はじめまして」が象徴する新鮮なドキドキ感を、この本で読者にお伝えできたら幸いです。

還暦まで二年ちょっととなった春に

岸本葉子

文庫版あとがき――改題にあたって

「いろいろなことを始めたものだな」。振り返ってそう思う。ホームパーティー、半日ツアー、繰り返し出てくるダンスフィットネス、挙げ句の果ては発表会。

若いときの私を知る人は「同じ人間？」と目を丸くするだろう。ディスコ？　興味ありません、ケーキ店めぐり？　それよりひとりで本を読みます、というタイプ。遊びのお誘いにはほぼ乗らず、集まって何かするのをよしとせず。

かつての私には「楽しみ」は「うつつを抜かす」という言葉がセットであり、そういうことに時間を費やすのは、人生の無駄遣いのように考えていた。限られた人生、うかうか過ごしてはもったいないと。五十過ぎてからの人生後半に、まさかこうした展開があろうとは。

介護が終わって、時間と気持ちにゆとりができたのは大きい。人生の有限を、若いときのように観念的ではなく、親の老いによってリアルに感じたためもある。先々必ず、できないことが多くなる。若いときの「できるけど、私はしない」というのは

「したくなったら、いつでもできる」とタカをくくる態度と裏腹だった。「してみたい」と少しでも心が動いたら、できるうちに、その興味なり欲求なりに素直に従おう。

老いることに不安はある。その中には、備えによっても解消できない根源的な不安も含まれる。

不便もある。頭痛やめまいなどかつてはなかった症状が出て、体調管理に気をつかうようになり、低気圧が苦手、寒さが苦手、静電気が苦手など、われながら面倒な人になったとも書いた。その中で、いかに楽しみをみつけていくか。

現実逃避とは異なる。不安や不便に支配されかねない時間の中に、小さなカタルシスを設けていく。ほんの瞬間のことであり、長い時間の線の上では点に等しいものだけれど、点が増えていくことで、時間の質そのものが変わるのではないだろうか。

単行本の刊行からこれまでに、新型コロナウイルスによる不如意な期間を経験し、それでも持ちたい楽しみと、手放してもいいものとがわかってきた。セールにはもう心踊らない。流行には無関心。おしゃれは捨てないが、好きなプリント生地のブラウスを家で着るのがいちばん満足で、飽きが来なさそう。ダンスフィットネスは、条件が整わなくても、なんとか方法を探すようになった。ジムが休業中はユーチューブで自主トレ、レッスンが廃止されてからは、サークルを調べて参加するように。ジムのレッスンの三十分に対し、サークルは七十分とか九十分。体力が心配だったが、意外とできて、足の爪が割れたのにも気づかなかった。このぶんだと「踊る六十代」となりそう。句会はオンライン句会にて継続中。巣ごもりの時間を利用してこれまで作った句をまとめ、六十歳で初の句集を刊行した。これも人生の計画に、まったくなかったこと。

「楽しみ上手は老い上手」を合い言葉に、この先も張り合いをもって生きていきたい。

還暦からもうすぐ一年となる春に

岸本葉子

本書は二〇一九年二月に刊行された『人生後半、はじめまして』（中央公論新社刊）を改題、文庫化した。

中公文庫

楽《たの》しみ上手《じょうず》は老《お》い上手《じょうず》

2022年 4 月25日　初版発行

著　者　岸《きし》 本《もと》 葉《よう》 子《こ》

発行者　松 田 陽 三

発行所　中央公論新社
〒100-8152　東京都千代田区大手町 1-7-1
電話　販売 03-5299-1730　編集 03-5299-1890
URL https://www.chuko.co.jp/

ＤＴＰ　嵐下英治
印　刷　三晃印刷
製　本　小泉製本

©2022 Yoko KISHIMOTO

Published by CHUOKORON-SHINSHA, INC.
Printed in Japan　ISBN978-4-12-207198-8 C1195

定価はカバーに表示してあります。落丁本・乱丁本はお手数ですが小社販売部宛お送り下さい。送料小社負担にてお取り替えいたします。

●本書の無断複製（コピー）は著作権法上での例外を除き禁じられています。また、代行業者等に依頼してスキャンやデジタル化を行うことは、たとえ個人や家庭内の利用を目的とする場合でも著作権法違反です。

岸本葉子＊好評既刊

捨てきらなくても いいじゃない？

何を捨てたらいいかわからない？　心と体の変化にあわせてモノに向き合い「持ちつつも、小さく暮らせる」ライフスタイルを提案。

中公文庫

エッセイの書き方 読んでもらえる文章のコツ

エッセイ道30年の人気作家が、スマホ時代の文章術を大公開。起承転結の転に機転を利かし自分の「えーっ」を読み手の「へえーっ」に換える極意とは？

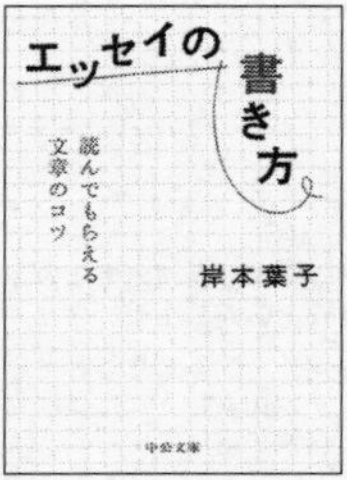

中公文庫

50代、足していいもの、引いていいもの

やるべきことは「捨てる」ことではなく「入れ替え」でした！ モノの入れ替え、コトを代えて行うなど新たなスタイルを提案します。

四六判単行本

生と死をめぐる断想

人はどこから来てどこへ行くのか？ 四〇代でがん闘病、東日本大震災での間接的喪失体験を経て、生老病死について思索を深めていく。治療や瞑想をし、鈴木大拙、柳田邦男、多田富雄、島薗進などの著作を読み耽り、仏教・神道・心理学を渉猟しながら「生」と「死」、「わたし」と「いのち」、「時間」と「存在」について辿り着いた境地を語る。

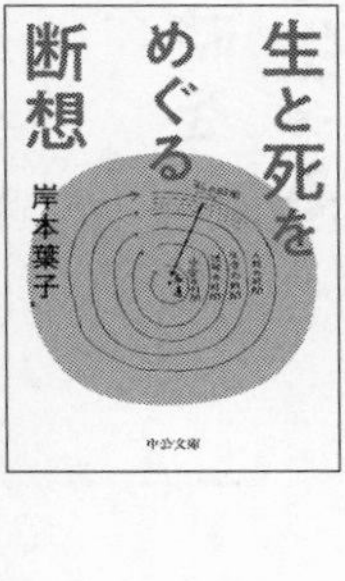

中公文庫

岸本葉子＊好評既刊

ふつうでない時をふつうに生きる

外出制限、リモートワークに戸惑う毎日。日常を見直し自分のペースを発見するチャンスかも？　変化に応じてもぶれない心の持ち方を提案します。

〈単行本〉

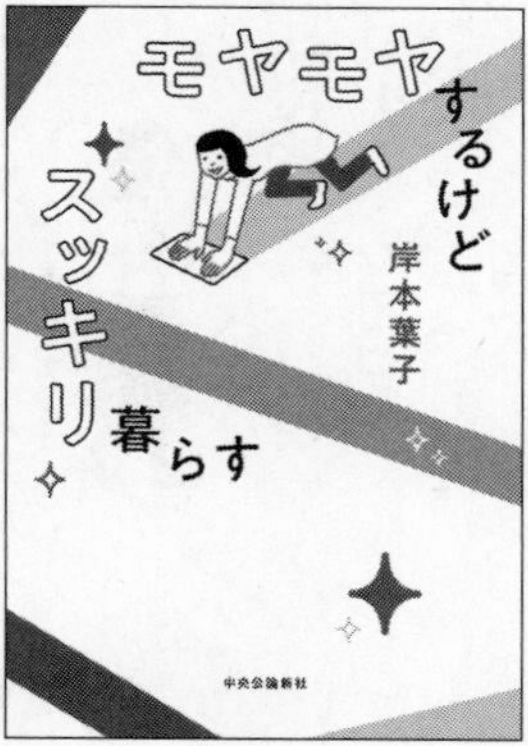

モヤモヤするけど スッキリ暮らす

自粛はするけど萎縮はしない。オンラインで家トレ、お取り寄せ。巣ごもりは断捨離のチャンス？　仕事や将来の年金など不安はいっぱい！　先のみえない日々の中、心と暮らしを整えるエッセイ。

〈単行本〉

50代からしたくなるコト、なくていいモノ

両親を見送り、少しのゆとりを手に入れた一方で、無理はきかないのが五〇代。自分らしく柔軟に年を重ねるヒント満載の、シニアへ向かう世代を応援するエッセイ。

〈文庫〉